Né en 1910 dans l'île de Chiloé, au sud du Chili, décédé en 2002, Francisco Coloane s'est imposé dès les années 1960 en publiant des textes brefs, fouettés par tous les mauvais vents du Sud. Auteur de récits d'une composition parfaitement originale, à mi-chemin entre le recueil de nouvelles et le roman « éclaté » – *El Guanaco*, *Cap Horn*, *Tierra del Fuego*, *Le Dernier Mousse*, *Le Sillage de la baleine*, *Antartida* –, il demeure un conteur sans égal. Un de ses derniers ouvrages, *Le Passant du bout du monde*, est le récit de sa vie, composé au gré de son inspiration.

Francisco Coloane

NAUFRAGES

Traduit de l'espagnol (Chili)
par François Gaudry

Phébus

TEXTE INTÉGRAL

TITRE ORIGINAL
Naufragios : Reflexiones y Ficciones

ISBN 978-2-7578-1805-3
(ISBN 2-85940-823-1, 1re publication)

Avant-propos

Dans ma jeunesse, dès que j'avais trois sous pour acheter un livre, je choisissais toujours parmi ceux où il était question de bateaux et de navigateurs : c'était en quelque sorte naturel pour le fils d'un capitaine et le demi-frère d'un marin qui avait piloté bien des navires.

J'ai gardé comme un trésor deux ouvrages qui font partie de mon héritage familial. Le premier, *Routier du détroit de Magellan*, est en très mauvais état, il lui manque les six premières pages et j'en ignore l'éditeur. C'est pour moi un livre précieux qui m'a servi à étayer mes descriptions géographiques. Il porte la signature de mon père. Le deuxième, intitulé *Naufrages*, de Francisco Vidal Gormaz, fut édité à Santiago le 1er janvier 1901 et on peut lire calligraphié sur la tranche : « A. Prat ».

J'ai la quasi-certitude que c'est ce livre-là qui m'a poussé à écrire et comme je me sentais en dette envers son auteur, j'ai pris un jour l'engagement de rendre hommage à sa mémoire en publiant quelques-uns de ses récits de naufrages, parmi ceux d'autres auteurs, assortis de commentaires et d'histoires que j'avais envie de raconter.

Francisco Vidal Gormaz était né en juillet 1837, à Santiago. Il fit ses études à l'École Militaire puis s'engagea dans la Marine où il se consacra aux explorations et aux relevés hydrographiques d'une grande partie du pays, avec une prédilection particulière pour les régions australes, de Chiloé jusqu'à Punta Arenas.

C'était un scientifique de grand talent qui faisait autorité dans sa discipline. Il travailla à la faculté de Physique et de Sciences Naturelles de l'université chilienne, avant de créer le Bureau d'Hydrographie, dont il fut le premier directeur en 1874. Cette année-là fut publié son *Annuaire Hydrographique*, une mine d'informations pour tout ce qui concernait la géographie, la navigation, les sciences naturelles, l'astronomie. Vidal était également membre de l'Observatoire Astronomique de Santiago.

Parmi ses travaux les plus remarquables, il faut citer : *Naufrages*, *Hydrographie*, *Côte d'Arauco et Río Valdivia*, et *Reconnaissance de la baie d'Ancud et du canal de Chacao*.

Il connut pourtant de sérieux déboires, dont celui d'être radié des cadres à cause de ses sympathies pour le président Balmaceda, pendant la révolution de 1891. Bien que réintégré en 1894, sa vie ne fut plus jamais la même.

Ce matin, avant de me mettre à travailler à cette anthologie de naufrages et de sauvetages survenus le long de notre interminable littoral, je prends mon petit-déjeuner et j'ouvre le journal. Nous sommes un 13 juin, au milieu des années 90.

Je vois d'abord, sur deux colonnes, deux grands phoques gisant sur une plage, l'un contre l'autre, aux corps violacés, blancs et gris, surmontés du titre suivant : « Massacre de phoques ». Quarante-quatre cadavres de phoques ont été trouvés sur la plage de Santo Domingo, entre la roche du Lobo et la lagune de Yali, tout près du port de San Antonio, important par le volume de marchandises embarquées et débarquées et l'affluence de bateaux de pêches industriels.

Ces phoques, d'âges variés, présentaient des plaies provoquées par des armes à feu ou des harpons. Les bateaux de pêche sont soupçonnés d'avoir perpétré gratuitement ce massacre cruel, sur lequel enquêtent les autorités portuaires.

Une autre information rapportée dans le journal attire mon attention. La nouvelle vient de Temuco : « Six enfants disparus dans le río Allipén après le chavirement de leur embarcation. La tragédie a eu lieu à cinquante kilomètres au sud-est de Temuco alors que les enfants rentraient chez eux après des semaines d'internat à l'école. Le batelier a pu en sauver deux en se jetant à l'eau et les ramener vivants jusqu'à la rive. »

Les six autres, dont trois frères, ont donc été emportés par les eaux tumultueuses du río Allipén.

Ces pauvres gamins me rappellent mon enfance. Dans les localités du sud, les rivières, les canaux, les îlots obligent les écoliers à utiliser des barques ou des radeaux pour gagner leurs écoles. Il y a quelques années encore, il n'existait pas de service fluvial offrant aux enfants de bonnes conditions de sécurité. Les parents les conduisaient en barque à l'école, en prenant soin de ramener à bon port la petite embarcation si utile pour la famille.

Le plus probable, et le plus dramatique, était que ces gosses, âgés de six à quatorze ans, tout contents de rentrer chez eux pour les vacances d'hiver, avaient chahuté dans la barque, la déstabilisant et la faisant chavirer. Le batelier n'avait pu sauver que deux gamins sur les huit. Il fut pourtant « présumé coupable » car il ne possédait pas les autorisations requises pour exercer son activité.

Ce triste accident me ramène, à presque quatre-vingt-dix ans, à mon enfance chilote, mais il symbolise aussi à mes yeux la tragédie de tant de héros anonymes des grands naufrages survenus sur nos côtes. Mon cœur se serre à la lecture des noms des villages où vivaient ces gamins, et je me sens solidaire du batelier Ignacio Colihuín, qui a sauvé deux vies par son courage, comme l'aurait fait un capitaine de haute mer.

J'exprime ma reconnaissance à cet homme de notre grand Sud, tout comme je l'exprime à celui qui a été à l'origine de mon désir d'écrire des histoires : Francisco Vidal Gormaz, navigateur et explorateur.

Dans cette anthologie, composée selon un ordre chronologique, les récits de naufrages appartenant au livre de Gormaz, sont retranscrits en respectant leur orthographe et leur ponctuation originale[1], et

1. Ce que nous nous sommes également efforcés de respecter. *(Sauf mention contraire, toutes les notes sont du traducteur.)*

suivis de commentaires et d'annotations que je me suis permis d'ajouter au texte de Vidal. Enfin, j'ai tenu à raconter moi-même certains naufrages à partir de récits qu'on m'avait rapportés et de la documentation que j'ai accumulée sur ce sujet depuis de nombreuses années.

Le « Santiago »

1520

« Le gentilhomme portugais Fernand de Magellan obtint de l'empereur Charles Quint l'armement de cinq navires et leur commandement, pour entreprendre un voyage aux îles Moluques à la recherche d'un passage au sud du continent américain.

« Enfin prête, la flotte appareilla de San Lúcar de Barrameda le 20 septembre 1519. Elle se dirigea d'abord vers Tenerife puis vers le Brésil, où elle mouilla à Santa María le 13 décembre. Poursuivant son voyage vers le sud, elle atteignit le río de la Plata le 10 janvier 1520, entreprit une reconnaissance de la côte et passa un mois à explorer l'embouchure du fleuve.

« De là, elle repartit vers le sud en procédant à une inspection minutieuse de la côte de la Patagonie et entra, le 21 mars, dans une petite baie qui sera baptisée San Julián. Voyant que le mouillage était sûr, Magellan décida d'y demeurer le temps nécessaire à la poursuite de son entreprise et envoya le *Santiago*, le plus petit bâtiment de la flotte, commandé par Juan Serrano, reconnaître la côte quelques lieues vers le sud, enjoignant celui-ci de revenir s'il ne trouvait pas rapidement le détroit recherché. À vingt lieues, Serrano découvrit un beau fleuve d'une lieue de large qu'il baptisa Santa Cruz. Poursuivant son exploration, il dut affronter le 22 mai une violente tempête qui déchira toute la voilure et endommagea le timon. Le *Santiago* s'échoua sur la côte à trois lieues au sud du fleuve. Les trente-sept hommes d'équipage échappèrent à la mort, à l'exception de l'esclave de Juan Serrano, appelé Juan Negro, qui se noya. Les naufragés traversèrent le río Santa Cruz et regagnèrent San Julián par la terre, souffrant du froid et de l'épuisement, se nourrissant en chemin d'herbes et de coquillages, quand ils en trouvaient. Magellan les réconforta par de généreuses rations de vin, de pain et de nourriture, et les répartit dans les autres navires. Il envoya des hommes sur les lieux du naufrage récupérer les instruments et les provisions du *Santiago*. Juan Serrano fut aussitôt nommé capitaine de la *Concepción*.

« Le *Santiago* jaugeait soixante-cinq tonneaux, soit quatre-vingt-dix d'aujourd'hui. Ce navire est donc le premier à avoir fait naufrage sur la côte australe d'Amérique du Sud, prenant possession avec sa quille de cette terre aride qui fut appelée Patagonie.

« À San Julián éclata la première mutinerie contre le capitaine général de l'escadre. Magellan exerça une prompte et cruelle justice en faisant exécuter les chefs de la conjuration et mettre leurs corps en quartiers. Puis il abandonna à terre Juan de Cartagena et le prêtre Sánchez de la Reina, inspirateurs du complot, qui expièrent leurs fautes dans cette région désertique et furent en quelque sorte les premiers colons de la Patagonie.

« S'acharnant à découvrir un passage au sud du continent, Magellan trouva enfin le détroit qui portera son nom et le parcourut jusqu'au 27 novembre 1520 où il déboucha dans la mer du Sud qui sera appelée Pacifique. Il avait fallu vingt jours à la petite escadre pour parcourir le détroit. Entre-temps le *San Antonio*, commandé par Esteban Gómez, avait déserté et mis le cap sur l'Espagne. Magellan poursuivit son voyage avec la *Trinidad*, la *Concepción* et la *Victoria*.

« Magellan baptisa le passage, détroit de Todos los Santos, estimant sa longueur à 100 lieues de l'époque, soit 114,86 lieues modernes. Soixante ans plus tard, Pedro Sarmiento de Gamboa parcourut le détroit de la mer du Sud vers la mer du Nord, l'estimant pour sa part à 110 lieues de l'époque.

« À l'île Buhol ils incendièrent la *Concepción* car ils manquaient de gens pour former un nouvel équipage. La *Trinidad* resta à Tidor et la *Victoria* arriva le 6 septembre 1522 à San Lúcar de Barrameda, d'où elle était partie, avec dix-huit hommes à bord, premier navire à avoir fait le tour du monde, sous les ordres de Juan Sebastián Elcano. Magellan avait été tué par les naturels de l'île Mactan, de l'archipel des Larrons, le 27 avril 1521. »

Magellan était né au Portugal, à Sabrosa, vers 1485. En 1480, selon Antonio Pigafetta, chroniqueur de l'expédition. En quarante ans d'existence cet explorateur et navigateur surprend par la témérité et le génie dont il fit preuve pour mener à bien le premier voyage autour du monde en bateau. Il fut un grand précurseur en traversant le Pacifique d'est en ouest, contre l'opinion de nombre de ses contemporains qui jugeaient l'entreprise impossible. Natif du Portugal, il avait refusé de retourner en Afrique et renoncé à sa citoyenneté portugaise à la suite d'un conflit avec le roi Manoel. La boiterie qui l'affectait était, selon certains, la conséquence d'un dur combat livré au Maroc, au cours duquel un coup de lance maure lui avait ouvert le genou gauche.

Il se rendit en Espagne en compagnie du cartographe portugais Ruy Faleiro, qui avait lui aussi renoncé à sa nationalité. Tous deux se présentèrent devant l'empereur Charles Quint et lui proposèrent leurs services. Dès lors Fernão devint Fernando de Magallanes et fut nommé commandant de la flotte qui partit de San Lúcar de Barrameda le 20 septembre 1519, avec deux cent trente-neuf hommes, la plupart espagnols, mais aussi des Portugais, des Italiens, des Français, deux Anglais et un Allemand. En mer, certains meurent de maladie, mais d'autres s'enrôlent aux escales, et lorsque Magellan arrive à l'entrée du Détroit, en 1520, ses nefs comptent deux cent soixante hommes à bord. Il faut mentionner quelques membres exceptionnels de cette singulière expédition : Juan Sebastián Elcano, quartier-maître, Andrés de San Martín, pilote et astrologue, le prêtre Fray Pedro de Valderrama et Antonio Pigafetta, qui embarque en qualité de cuisinier de Magellan et devient le chroniqueur de l'expédition, dont l'œuvre *Premier voyage autour du monde*, constitue à ce jour le seul témoignage digne de foi.

C'est dans la baie San Julián que se situe le fameux épisode de la rencontre des Patagons relatée par Pigafetta : « Un jour nous vîmes un géant qui était sur le bord de la mer tout nu, et il dansait et sautait et chantait, et en chantant il mettait du sable et de la poussière sur sa tête. Notre capitaine envoya vers lui un de ses hommes auquel il donna charge de chanter et sauter comme l'autre pour le rassurer et lui montrer amitié, ce qu'il fit. Et incontinent l'homme du navire conduisit ce géant à une petite île où le capitaine l'attendait. Quand il fut devant nous, il commença à s'étonner et à avoir peur, et il levait un doigt vers le haut, croyant que nous venions du ciel. Il était si grand que le plus grand de nous ne lui venait qu'à la ceinture. Il était vraiment bien bâti. Il avait un grand visage peint de rouge alentour et ses yeux étaient cerclés de jaune, aux joues il avait deux cœurs peints. Il n'avait guère de cheveux à la tête et ils étaient peints en blanc. [...] Quinze jours après nous vîmes quatre autres géants qui ne portaient point d'armes, car ils les avaient cachées dans les buissons, ainsi que deux d'entre eux nous les montrèrent. Car nous les prîmes tous quatre, et chacun d'eux était peint de diverse sorte. Le capitaine retint les deux plus jeunes pour les mener en Espagne à son retour. Mais ce fut par un bon et fin moyen, car autrement ils eussent fait déplaisir à quelqu'un de nos gens. La façon par laquelle il les retint fut qu'il leur donna beaucoup de couteaux, des ciseaux, miroirs, sonnettes et de la verrerie, et ils tenaient toutes ces choses en leur main. Alors le capitaine fit apporter des fers qu'on met aux pieds des malfaiteurs. »

L'entreprise de Magellan suscita de nombreux commentaires soupçonneux, d'une part à cause de son changement de nationalité, d'autre part des erreurs de calcul dans l'établissement des longitudes et de la confusion des données cosmographiques et des traités de navigation en vigueur à cette époque.

Après un an de voyage, Magellan avait la conviction d'avoir trouvé ce *paso* qu'il cherchait, la bouche du détroit, après avoir doublé le cap des Vierges à 52° 50' de latitude S. Le but principal de son expédition était atteint.

Fin novembre, trois bâtiments entraient dans la « mer du Sud », qu'on appellera le Pacifique. Mais les équipages étaient épuisés par la soif, le scorbut, la faim qu'ils calmaient en mangeant des morceaux de cuir arrachés aux vergues, de la sciure de bois et des rats.

En février 1521, ils traversent la ligne équinoxiale et arrivent en vue d'une île des Mariannes où ils se ravitaillent en vivres frais, après quatre-vingt-dix-neuf jours où ils ont manqué de tout. Le scorbut fut l'un des pires fléaux des équipages. Dix-neuf hommes en moururent, dont un Patagon et un Brésilien.

Ils naviguèrent plusieurs jours selon les indications du capitaine général et découvrirent trois petites îles où Magellan voulut aborder. Mais bientôt les insulaires s'introduisirent dans les navires volant tout ce qu'ils pouvaient. En représailles, Magellan descendit à terre avec quarante hommes armés qui brûlèrent des dizaines de maisons, d'embarcations et tuèrent sept hommes. Selon Pigafetta, les naturels ne connaissaient pas les flèches : « Quand nous blessions un de ces indigènes d'un de nos traits qui leur entrait dans le corps, ils regardaient le trait puis le tiraient dehors en s'émerveillant et aussitôt après ils mouraient. »

Ces îles sont aujourd'hui connues sous le nom de Guam et de Rota, appartenant à l'archipel des Mariannes, ainsi baptisé en hommage à Marie d'Autriche, femme de Philippe II roi d'Espagne. À la mi-mars, les nefs arrivaient aux Philippines. Magellan voulut débarquer sur une île apparemment tranquille, afin que les équipages se reposent et qu'on puisse s'occuper des malades. Deux tentes furent dressées et une truie abattue. L'île fut baptisée l'Aquade des Bons Signes car des fontaines d'une eau très claire y coulaient.

Bientôt apparut une barque avec neuf hommes à bord, dont le chef souhaita la bienvenue aux étrangers avec force gestes. Le capitaine général les invita à manger et de nombreux cadeaux furent échangés. Les noix de coco étaient pour les indigènes la base de leur alimentation, dont ils tiraient leur vin, leur huile, leur vinaigre et leur pain. Magellan se vit offrir des fruits en abondance.

Après plusieurs semaines de navigation, les navires mouillèrent dans une île que les indigènes appelaient Matan – aujourd'hui, Mactan. Un chef de l'île fit apporter par son fils des cadeaux au commandant, en lui demandant de l'aider à combattre un ennemi. Magellan voulut se rendre personnellement à terre, malgré l'avis de ses lieutenants. Soixante hommes casqués et cuirassés, accompagnés d'un chef de tribu, débarquèrent pour aller à la rencontre du chef ennemi qui refusa de se plier à ces chrétiens exigeant de lui la reconnaissance de la souveraineté du roi d'Espagne et le paiement d'un tribut. Le lendemain la situation avait considérablement changé. Divisés en trois bandes, les insulaires attendaient les visiteurs de pied ferme. Magellan sépara ses hommes en deux groupes. Cinquante hommes faisaient face à mille cinq cents indigènes.

Le combat fut un désastre. Identifiant immédiatement le commandant, les insulaires firent pleuvoir sur lui une volée de lances et de flèches. Les balles et les flèches des Espagnols n'atteignaient pas leurs cibles et bientôt les naturels, furieux de voir leurs maisons brûler, s'enhardirent. Une flèche se planta dans la jambe du capitaine qui n'était pas protégée par l'armure. Grièvement blessé, Magellan ne put brandir son épée. Dans la mêlée son casque lui fut arraché et il reçut une lance en plein visage qui le tua net. C'est ainsi que périt le chef de cette fabuleuse épopée. Et Pigafetta, refusant de joindre sa voix aux détracteurs de Magellan, écrivit : « Versé comme nul autre dans la connaissance des cartes nautiques, il possédait à la perfection l'art de naviguer, ainsi qu'il le prouva en faisant le tour du monde, ce que nul avant lui n'avait osé tenter. Notre miroir, notre lumière, notre guide inimitable mourut le 27 avril de l'an 1521. »

Le « Sancti Spiritus »

1526

« Peu sensible aux plaintes des Portugais, inquiets de la progression espagnole vers les Indes, et désireux de prendre possession des îles Moluques, l'empereur Charles Quint fit armer une flotte de sept navires au port de La Corogne, en 1525, dont il confia l'autorité au commandeur de l'Ordre de Rhodes, Frei García Jofré de Loaisa. Celui-ci comptait atteindre les Moluques en empruntant le nouveau détroit que l'infortuné Magellan avait découvert cinq ans plus tôt. Le vice-amiral de la flotte était le capitaine Juan Sebastián Elcano, lequel, afin de garantir le succès de l'entreprise, avait pris sous ses ordres des officiers ayant fait le voyage avec Magellan en 1520.

« Dans l'après-midi du 22 juillet 1525, l'escadre quittait le port de La Corogne. Ils firent une première escale à Gomera, aux Canaries, puis à San Mateo, et mirent le cap sur le Brésil, où ils explorèrent la pointe des Abrolhos avant de poursuivre leur route. Après de nombreux contretemps, ils atteignirent le río Santa Cruz, en Patagonie. Quelques jours plus tard, ils prirent l'embouchure du río Gallegos pour celle du détroit de Magellan. Trois navires s'échouèrent prisonniers de la marée basse et durent attendre la pleine mer pour pouvoir repartir.

« Dans la soirée du 14 janvier 1526, la flotte de Loaisa doublait le cap des Vierges et embouquait le Détroit en contournant la pointe Miera (aujourd'hui Dungeness). Mais en milieu de nuit un vent violent de S-O se leva et le *Sancti Spiritus*, de deux cent quarante tonneaux, commandé par Juan Sebastián Elcano, fut drossé à la côte et se fracassa sur les rochers.

« Neuf hommes périrent noyés, parmi lesquels le fourrier du navire, Diego de Estrella. Le reste de l'équipage était sauf mais en fort piteux état.

« La mer rejeta une partie de la cargaison, ce qui permit aux naufragés d'avoir quelques recours et de dresser une croix fabriquée avec les mâts du navire, sur laquelle ils inscrivirent simplement "An 1526", croix que retrouvèrent des années plus tard les hommes de l'expédition de Simón de Alcazaba le 18 février 1535 et Alonso de Camargo en 1540, quatorze ans après le naufrage du *Sancti Spiritus*.

« La flotte de Loaisa fut repoussée par des vents contraires vers l'Atlantique et dut attendre de longues heures avant de pouvoir à nouveau embouquer le Détroit et venir à la rescousse des naufragés de la nef de Elcano. Mais une autre tempête les rejeta vers le large, où deux navires disparurent corps et biens : l'*Anunciada*, de deux cent quarante tonneaux, commandé par Pedro de Vera, et le *San Gabriel*, de cent cinquante-six tonneaux, commandé par don Rodrigo de Acuña.

« De même que la flotte de Magellan avait subi un premier naufrage au sud de l'embouchure du

Santa Cruz, de même celle de Frei Jofré de Loaisa dut abandonner le *Sancti Spiritus* à l'embouchure orientale du détroit de Magellan.

« Des quatre navires restants, l'un brava la tempête en descendant vers le sud jusqu'à 55° de latitude, déclarant à son retour "qu'il semblait que là-bas était la fin de la terre", ce qui incita à penser que le navire aux ordres de Francisco de Hoces, le *San Lesmes*, avait été le premier à découvrir la pointe australe de l'Amérique, appelée le cap Horn.

« Seules la *Victoria* et les caravelles la *Santa María del Parral* et le *San Lesmes*, après mille peines et souffrances, débouchèrent dans l'océan Pacifique le 26 mai et mirent le cap au nord-ouest. L'amiral Loaisa mourut de maladie le 30 juillet et fut remplacé par Juan Sebastián Elcano qui ne lui survécut que quatre jours. Il succomba le 3 août, ainsi que de nombreux officiers. Sa dépouille mortelle fut immergée. »

Pour leur découverte de cette « fin de la terre », le *San Lesmes* et son équipage aux ordres de Francisco de Hoces devraient avoir leur monolithe et plaque commémorative. Tout comme le mériteraient les Indiens Yamana qui ont peuplé cette région pendant quasiment deux mille ans, sillonnant les eaux du sud du Beagle à bord de leurs *anans*, petits canots en écorce d'arbre doublée de peau de phoque. Très légères et très fragiles embarcations pour résister à la violence de Wollapatuch, le « Grand Assassin », le dieu adoré et redouté des premiers habitants du bout du monde.

La « Capitana »

1540

« L'évêque de Plasencia, don Juan Gutierre de Vargas (figurant sur une cédule royale de 1543 sous le nom de Gutierre de Carvajal), stimulé par les conseils de son beau-frère don Antonio de Mendoza, alors vice-roi de la Nouvelle-Espagne (aujourd'hui le Mexique), fit armer à ses frais trois navires destinés à l'exploration du détroit de Magellan et des côtes du Pérou, et en donna le commandement à un de ses parents nommé Alonso de Camargo.

« Les vaisseaux quittèrent les côtes espagnoles un jour du mois d'août 1539 en direction du détroit de Magellan. Ils longèrent le rivage de la Plata et embouquèrent le Détroit le 20 janvier 1540, observant à la pointe Miera la haute croix qu'avaient dressée les naufragés du *Sancti Spiritus* en 1526.

« Jusque-là, l'escadrille avait connu une navigation sans encombre. Mais au cours de la traversée du Détroit, la *Capitana* fit naufrage une heure avant l'aube du 25 du même mois à l'entrée du détroit de Nuestra Señora de la Esperanza (aujourd'hui Primera Angostura). Le vaisseau commandé par Frei Francisco de Rivera, vint à la rescousse de Camargo et put atteindre l'océan Pacifique. Mais le troisième, après de nombreuses difficultés, renonça à traverser le détroit de Magellan et retourna au Portugal. C'est ce que l'on peut lire sur une cédule royale de la ville de Madrid, datée du 21 août 1541.

« Sérieusement endommagé, le navire de Camargo remonta les côtes chiliennes et mouilla dans une anse qui fut baptisée Anse du Mouton, car les Araucans leur offrirent un *chilihueque*[1]. Les hommes se reposèrent et firent provision de vivres frais dans la vallée de Quintil, aujourd'hui Valparaiso, suscitant l'inquiétude de don Pedro de Valdivia, conquérant du Chili, informé par les naturels de la présence d'un bateau étrange sur les côtes soumises à son autorité. Camargo reprit la navigation vers le nord et atteignit enfin le port d'Arequipa (Quilca). Les survivants débarquèrent, vendirent leur vaisseau et tout ce qu'il contenait, et l'équipage se dispersa à Arequipa. Quand les faits furent connus, l'évêque de Plasencia déposa une requête visant à récupérer le navire, ainsi qu'en font foi les cédules royales de Fuenzalida datées du 6 septembre 1540, du 19 juillet 1544 et du 8 septembre 1547.

« Selon certains chroniqueurs, les naufragés de la *Capitana* et le capitaine Arguello, qui étaient restés en Patagonie, donnèrent naissance à la légende de la Cité des Césars, dont la fondation leur était attribuée. Pour les Chiliens des provinces australes cette légende fut jusqu'au début du XIXe siècle l'équivalent de l'Eldorado de Tairona de l'Amérique équa-

1. Guanaco.

toriale, si follement recherché et idéalisé par les conquistadors. »

Nombre d'histoires et de légendes courent sur la Cité des Césars. L'une d'elles me plaît par sa fantaisie et parce qu'elle vient de Chiloé où la mythologie insulaire est foisonnante.

Pour les Chilotes, la Cité des Césars se trouverait entre les lacs Nahuelhuapi et Viedma, une belle région de montagne. On attribue sa description à un moine franciscain qui aurait découvert cette fantaisie, une cité fortifiée où les aventuriers qui s'y risquaient devenaient fous. Ce franciscain, au nom inconnu, aurait parlé de la somptuosité et de la richesse de cette ville, dont l'église magnifique regorgeait d'ornements en or et en argent…

On peut toutefois mentionner un fait qui donne à la légende un enracinement historique.

Au cours du XVIe siècle, époque de découvertes et de corsaires, le marin d'origine vénitienne Sebastien Cabot, ou Gavoto, installé dans un fortin du Paraná, chargea quatre Espagnols d'explorer l'intérieur des terres que l'on supposait recéler de grandes richesses. L'un de ces Espagnols s'appelait Francisco César et aurait été l'auteur de la légende à laquelle il a donné son nom. Ils accomplirent tant et si bien leur mission qu'ils se retrouvèrent, en 1532, au Pérou, au moment où Francisco Pizarro s'emparait du riche empire inca. Dès lors, l'histoire de la Cité des Césars aurait été colportée.

Toutefois, don José de Moraleda, explorateur de l'archipel de Chiloé jusqu'au canal qui porte son nom, affirme que la diffusion de la légende est due à Antonio Díaz de Rojas qui envoya, en 1715, au Conseil des Indes une lettre dans laquelle il affirme être resté pendant trois ans prisonnier des Indiens de Patagonie. Libéré, il partit en Espagne où il raconta les merveilles des lieux de sa captivité : cyprès, pins, orangers, palmiers et maintes choses savoureuses faisant que « les gens n'y mouraient que de vieillesse ». Selon lui, les habitants avaient la peau très blanche, parlaient espagnol et descendaient de la colonie de peuplement que Pedro Sarmiento de Gamboa avait créée dans le Détroit. Leurs maisons au bord du fleuve étaient décorées d'or et d'argent. Les hommes portaient des tricornes et des vêtements de couleurs vives. La légende se ternit quelque peu au XIXe siècle après de nombreuses expéditions qui revinrent bredouilles ou ne revinrent pas, laissant cependant planer un doute sur cette cité fabuleuse et si bien cachée.

Pour clore ces commentaires sur la Cité des Césars, je signale que le vaisseau de Camargo grouillait de souris et de gros rats qui débarquèrent sur les côtes du Chili et du Pérou, où ils n'existaient pas auparavant…

Un brigantin

1541

« Don Pedro de Valdivia, conquérant du Chili, avait établi le premier chantier naval de la colonie à l'embouchure du río Aconcagua, à l'endroit qui s'appelle aujourd'hui Concón, et ordonna d'y construire un brigantin, bâtiment qui lui était indispensable pour être relié au Pérou, et même à l'Espagne, autant que pour se procurer des articles de première nécessité et ne plus dépendre aussi étroitement du Pérou. Les travaux commencèrent en juillet 1541, avec l'aide d'Espagnols et d'Indiens du Pérou que Valdivia avait emmenés avec lui.

« La région de Concón offrait d'excellents bois et les indigènes le moyen de les transporter. Non loin, des laveries d'or occupaient de nombreux bras, stimulés par la crainte de châtiments aussi inutiles que cruels. L'avidité croissante des conquistadors et les besoins en nourriture des naturels poussèrent ces derniers à se révolter contre leurs oppresseurs. Les indigènes complotent et décident de tendre un guet-apens aux Espagnols du chantier. Ils les tuent ainsi que les Indiens qui aidaient à construire le brigantin auquel ils mettent le feu avant de saccager toutes les installations des environs, provoquant ainsi le premier naufrage survenu dans la région centrale du Chili et la destruction du premier chantier naval.

« Deux hommes échappèrent au massacre, Gonzalo de los Ríos et l'esclave noir Juan Valiente qui regagnèrent à bride abattue la naissante ville de Santiago et informèrent Pedro de Valdivia de la destruction totale des chantiers de Malga-Malga et de Concón. La mort des ouvriers et la perte du brigantin affectèrent profondément les conquistadors qui se retrouvaient réduits à l'isolement, dans l'impossibilité de se rendre au Pérou, leur seul appui.

« Parmi les instructions que donna Pedro de Valdivia au prêtre Rodrigo González et au chevalier Alonso de Aguilera, le 15 octobre 1550, afin qu'ils exposent à S. M. et aux présidents et auditeurs du Conseil Royal des Indes, on peut lire :

« Après que les naturels eurent prêté serment d'obéissance à S. M. et servi pendant cinq mois (de février à juillet 1541), ils se sont révoltés, brûlant le bon brigantin que j'avais ordonné de construire à dur labeur afin d'envoyer un messager à S. M. lui rendant compte de mes actions, des terres conquises et du peuplement de la ville, et solliciter du Marquis Pizarro l'envoi de renforts en cavaliers et en armes destinés à contraindre les naturels à servir et à peupler une autre ville plus avant. »

La résistance des indigènes à Pedro de Valdivia avait été violente. Le chef Michimalonco et d'autres caciques lui tendirent de nombreuses embuscades, mais les troupes de Valdivia arrivèrent enfin, après une dure marche de plus d'un an, au pied de la montagne de Huelen, où serait fondée la ville de Santiago.

Les conquistadors connurent des temps très durs, car ils manquaient de moyens militaires, mais ils parvinrent cependant à capturer le cacique Michimalonco qui indiqua à Valdivia l'emplacement des gisements d'or de Malga-Malga et mit à sa disposition mille deux cents Indiens pour laver le précieux minerai.

La destruction du brigantin et du chantier naval fut une catastrophe durement ressentie par Valdivia, d'autant qu'elle fut suivie par une attaque massive des Indiens contre Santiago qui fut détruit et brûlé.

Voici ce qu'il écrit dans une lettre : « Ils avaient brûlé les vivres, les vêtements et toutes les maisons, il ne nous restait plus que nos vêtements en lambeaux, les armes que nous portions sur nous, deux truies et un cochonnet, une poule et un poulet, et deux mesures de blé. Beaucoup allaient nus. » Et dans une lettre à Charles Quint : « Les duretés de la guerre jointes à celles de la faim, il faut être plus que des hommes pour les supporter. »

Le « Marroquí »

1567

« Le père Diego de Rosales raconte que firent escale à La Serena (port de Coquimbo) trois vaisseaux à bord desquels se trouvait l'Audience Royale que le Roi envoyait au Chili afin que le royaume fût gouverné et installât son siège dans la ville de Concepción. Le capitaine Alvaro de Mendoza accueillit les auditeurs avec force cadeaux et fêtes. Après un repos de quelques jours, les visiteurs voulurent repartir, malgré les mises en garde des gens de La Serena qui leur conseillaient d'attendre la fin des rigueurs de l'hiver, car à reprendre la mer ils s'exposaient à de graves dangers. Mais ils refusèrent, souhaitant remplir en temps voulu leur mission de se rendre à la ville de Concepción. Ils regrettèrent leur décision, car à l'approche de Valparaiso ils affrontèrent une tempête si furieuse pour une fin de mois de juillet que les trois vaisseaux furent sur le point de sombrer. L'un d'eux cependant se fracassa sur les rochers et tous les hommes périrent noyés, sauf un Espagnol et deux Indiens que la mer rejeta sur la plage. L'émotion fut grande car de nombreux nobles du Pérou et de La Serena se trouvaient à bord. Les deux autres vaisseaux échappèrent aux périls et arrivèrent à Talcahuano, port de Concepción. »

Le chroniqueur Góngora Marmolejo, contemporain de ce naufrage nous en dit un peu plus. La traversée se déroulait par beau temps, mais une tramontane se leva, un vent du nord, au début régulier et favorable à la navigation. Cependant, peu à peu la mer se démonta, le vent devint plus violent dégénérant en tempête qui, la nuit, fit perdre sa route au navire. La tramontane tourna en vent de travers, bien plus redoutable, et le *Marroquí*, pris dans la tourmente, fut inexorablement poussé vers des récifs où il se fracassa. Parmi les disparus, il faut mentionner le capitaine Alonso de Reinoso, fidèle serviteur du roi, au service duquel il se rendait à Concepción, fort de ses antécédents de capitaine général du Honduras.

L'Audience Royale s'installa le 10 août 1567, à peine quelques jours après le naufrage du *Marroquí* et la mort d'Alonso de Reinoso au large de l'anse de Coliumo.

La « Marigold »

1578

« Le 20 août 1578 les trois navires de Francis Drake s'engagèrent dans le détroit de Magellan, où la navigation fut très difficile. Le 6 septembre ils débouquaient dans le Pacifique. Mais le lendemain, une violente bourrasque dispersa les vaisseaux au sud de la Terre de la Désolation où les éléments se montrèrent sans pitié pendant près de deux mois. Ce qui incitait les compagnons de Drake à dire que cet océan ne devrait pas s'appeler Pacifique mais Furieux.

« La *Marigold* disparut dans ces mers, un autre vaisseau fut rejeté dans les canaux du Détroit et remit le cap sur l'Europe. La flottille de Drake se trouva réduite à un seul bâtiment de cent tonneaux, avec lequel son chef ne craignit pas de défier le pouvoir espagnol dans le Pacifique, avec une singulière fortune.

« Le vaisseau de Drake avait quitté l'Angleterre sous le nom de *Pelican*. Dans le détroit de Magellan il fut rebaptisé *Golden Hind*, nom qui devint fameux sur les côtes occidentales américaines à cause des actes de piraterie perpétrés par Drake et par son habileté à affronter les redoutables tempêtes de la région. »

Drake est un personnage dont la gloire est de même carat que celle de Magellan. Il fut l'un des meilleurs marins de tous les temps. Expert en cartographie, il avait étudié de près le périple de son illustre prédécesseur et lu le journal de Pigafetta. Lors de sa seconde aventure vers les Indes occidentales, plein de haine pour la couronne espagnole, il écuma les Caraïbes et se rendit célèbre en mettant à sac la ville de Nombre de Dios, et retourna à Plymouth avec un précieux butin.

Il repartit peu après à la tête d'une flotte de cinq vaisseaux : le *Pelican*, l'*Elisabeth*, la *Marigold*, le *Swan* et le *Christopher*.

Il est intéressant de connaître certains traits de la personnalité de Drake, dont la réputation s'étendait bien au-delà de son Devonshire natal.

Le *Pelican*, qu'il commandait, était le vaisseau-amiral de la flotte. La cabine du capitaine général était somptueusement meublée. La vaisselle en argent était frappée aux armes de Drake. Ses vêtements s'ornaient de fines dentelles et il aimait les parfums que lui offrait la reine. De nombreux chroniqueurs ont été frappés de la présence, parmi l'équipage, d'excellents musiciens. Selon certains, Drake avait une prédilection pour les concerts de violes.

Outre ces raffinements, sa bibliothèque comptait de nombreux livres de navigation anglais et français, ainsi qu'un volume consacré à la découverte du détroit de Magellan.

Drake se montra très perspicace lors de la capture du portugais Nuno da Silva aux îles du Cap-Vert, en faisant de lui un précieux auxiliaire. Da Silva était un grand navigateur, très précis, qui servit loyalement Drake lors de ses périples dans le détroit de Magellan et à proximité du cap Horn. Nuno da Silva décrivit le *Pelican* comme « un solide navire avec deux ponts, équipé d'excellents mâts et cordages, et d'un double jeu de voiles ». Pour lui c'était un bateau sûr possédant un timon à toute épreuve.

Pendant le voyage de Drake vers le détroit de Magellan, le *Pelican* allait en tête, suivi de l'*Elisabeth* et de la *Marigold*. Lors de l'entrée dans le Pacifique, les marins laissèrent exploser leur joie, car c'était la première fois qu'une flotte anglaise fendait ces eaux. Mais en dépit de la solidité des bateaux et de l'abondance de vivres, la navigation n'était pas aisée.

Je fais ici appel à un texte du capitaine de voiliers et de vapeurs de la Marine nord-américaine, Felix Riesemberg, dont l'ouvrage, *Cap Horn*, fut édité en 1946, à Buenos Aires, par la maison Ferrari Hermanos. Issu d'une famille de marins, Riesemberg, dont le père doubla le cap Horn à l'âge de treize ans, fit son premier voyage sur un navire-école à bord duquel il apprit les vieilles traditions de la marine. Puis il entreprit des études universitaires et se passionna pour l'histoire de la navigation dans le détroit de Magellan. Ses pages concernant Francis Drake et ses aventures dans les mers du Sud s'inspirent du journal de Nuno da Silva et de documents relatifs aux anciens voyages autour du monde.

L'ÎLE PERDUE DE DRAKE

Il s'agit là d'une histoire survenue lors de la première expédition de Drake. Son bateau, le *Pelican*, rebaptisé *Golden Hind*, dut modifier sa route à cause du courant oriental du cap Horn. Comme le vent redoublait de violence, il dut amener les voiles plusieurs jours durant dans l'attente d'une accalmie, de sorte qu'il ne parvint pas à maintenir le cap au nord. Pendant trois ou quatre jours la navigation fut très prudente. Nuno da Silva note dans son journal qu'il y avait des îles en vue, dont l'une était couverte d'oiseaux, mais que le temps ne permettait pas d'y mouiller.

Dès que le vent fut favorable, le *Golden Hind* et l'*Elisabeth* purent faire voile à la recherche de latitudes plus clémentes. L'espoir fut de courte durée, car à mesure que les galions s'approchaient des côtes, la tempête se déchaînait de nouveau. Le 7 octobre 1578, une terre fut en vue à 51° de latitude S. Ils étaient arrivés au sud de l'entrée du canal Concepción, qui sépare l'île Madre de Dios du continent, connu pour ses récifs cachés. La côte occidentale de ce canal est déchiquetée en une multitude de criques et de fjords, donnant l'impression qu'il s'agit d'un archipel. Le *Golden Hind* put mouiller pendant une heure, après avoir essuyé pendant près d'un mois de violentes tempêtes qui l'avaient entraîné jusqu'à 57° S. Les risques étaient énormes, il leur fallait impérativement trouver un mouillage abrité.

L'*Elisabeth* échoua à en trouver un et fut séparée de la flotte. Drake baptisa le lieu « Baie de la séparation des amis ». Belle phrase poétique qui révèle un trait de sa personnalité. Ayant perdu tout contact avec le *Golden Hind*, l'*Elisabeth* reprit la route de l'Angleterre.

Drake poursuivit son voyage, contraint plusieurs fois par les eaux convulsives du Pacifique à dévier du cap qu'il s'était fixé. Selon Riesemberg il atteignit les 74° 30' de longitude O. C'est là que se situerait Port Francis Drake dont le nom fut plus tard effacé des cartes faute d'avoir été trouvé. En tout cas, l'île Elisabeth ne devait pas être très loin. Elle était probablement très petite, n'excédant pas trente milles de longueur, et il se peut qu'elle ait été engloutie par une éruption volcanique, comme il s'en produisait fréquemment le long des côtes chiliennes. Quoi qu'il en soit, Drake garda toujours cette île en mémoire, où il avait cueilli des « herbes aux grandes vertus ». Peut-être s'en fit-il une amulette grâce à laquelle il fondit comme un ouragan sur les galions espagnols qui n'avaient jamais rencontré de bâtiments hostiles dans ces eaux. À Valparaiso, Drake fit provision de vivres frais, chargea le *Golden Hind* de lingots d'or et d'argent, et de pierres précieuses. Ses actes de piraterie lui permirent d'amasser un butin considérable qu'il remit à la reine, laquelle conféra à ce fils de paysan le titre de Chevalier.

Drake fut pour les Anglais et pour la reine un véritable héros après qu'il eut détruit la flotte espagnole. Profondément croyant, il aimait à dire que « les vents de Dieu » lui avaient été favorables. Il mourut à Porto Belo, au Panama, emporté par les fièvres en 1596. Il avait près de soixante ans.

Sachant qu'il ne survivrait pas à son mal, et possédant un grand courage, il ordonna qu'on lui fabrique un cercueil doublé de fer, qu'on le revête de sa cuirasse et qu'on jette sa dépouille à la mer.

Un autre brigantin

1580

« Mis au courant des déprédations commises par Francis Drake sur les côtes occidentales d'Amérique, le vice-roi du Pérou, don Francisco de Toledo, fit armer une escadrille de deux vaisseaux, le *Nuestra Señora de la Esperanza* et le *San Francisco.* Il confia le commandement du premier au célèbre marin Pedro Sarmiento de Gamboa et celui du second à Juan Villalobos avec le titre d'amiral. Leur mission était de pourchasser le corsaire Drake, d'explorer le détroit de Magellan et de continuer vers l'Espagne pour rendre compte au roi du résultat des opérations.

« L'escadrille partit de Callao le dimanche 11 octobre 1579, en décrivant une boucle, ainsi que l'avait appris Juan Fernández quelques années plus tôt, afin d'accélérer les voyages du nord au sud contre les vents du troisième quadrant. Elle passa à dix-huit lieues des îles San Felix et San Ambrosio et mit le cap sur les côtes occidentales de la Patagonie, qui furent en vue par 49° 30' de latitude S. Les deux vaisseaux embouquèrent un canal qui fut baptisé Trinidad, puis continuèrent par le canal Concepción et arrivèrent dans un port qui fut appelé Bermejo.

« Sarmiento décida d'explorer ces archipels enchevêtrés avec de petits bâtiments et ordonna la construction d'un brigantin dont il transportait les pièces détachées à bord de son vaisseau.

« Il explora ensuite les canaux jusqu'au 52e parallèle, mais n'ayant pas trouvé le détroit de Magellan, il regagna la haute mer par le cap Santa Lucía, le 21 janvier 1580. Peu après ils furent assaillis par de violents vents d'ouest.

« À cause du mauvais temps et d'une mer très forte, le brigantin allait à la remorque du *Nuestra Señora de la Esperanza*. Pedro Sarmiento de Gamboa fit lui-même le récit de cette journée dans son *Voyage au détroit de Magellan, de 1579 à 1580* (Imprenta Real de la Gaceta, Madrid, 1768).

« Comme le brigantin était petit et la mer de grande violence, le péril était grand et chaque coup de mer le submergeait. Ceux qui étaient à bord appelaient au secours et c'était grande pitié que d'entendre ces cris pour lesquels on ne pouvait rien car c'était la nuit. Nous résolûmes de nous armer de courage au risque de tout perdre, et au lever du jour notre nef fut mise en travers et les voiles amenées afin de secourir les gens du brigantin. Halant la guinderesse auquel il était amarré, nous le fîmes venir bord à bord, craignant que les coups ne défoncent la coque, ce que nous crûmes lorsqu'un marin monta sur le pont en criant que nous allions couler et que l'eau s'infiltrait dans la cale ce qui

causa grande confusion chez beaucoup jusqu'à ce qu'on aille vérifier qu'il n'y avait rien de tel, ainsi le courage revint, nous adressâmes une prière à Notre-Dame-de-Guadalupe, fîmes une quête pour oindre sa très sainte maison et commençâmes à jeter câbles, planches et bouées aux gens du brigantin afin qu'on les remontât dans la nef. Mais la mer était tellement emportée et le roulis secouait tellement le brigantin (causant un péril bien plus grand que la tempête) qu'ils ne purent jamais attraper les cordes et les planches que nous leur avions lancées. Du bord de notre nef nous les encouragions par nos cris, leur demandant de prier Dieu qu'il les sauvât, ce qu'ils firent, et l'un des marins appelé Pedro Jorje se jeta à la mer, s'agrippa au timon du vaisseau, on lui jeta un cordage du château de poupe, mais il ne put s'y agripper, lâcha prise et disparut dans les eaux où il se noya. Les autres se suspendirent aux cordes et purent monter à bord, sauvés par Notre Seigneur Jésus Christ.

« Afin de redresser la barre du navire, il fallut larguer le brigantin qui disparut rapidement à la vue.

« Comme la tempête ne mollissait pas, les navires durent se séparer et ne se retrouvèrent jamais. Le San Francisco *de l'amiral Villalobos poursuivit sa course vers le sud jusqu'à Desolación, puis remonta vers Callao, tandis que l'expert Sarmiento de Gamboa trouvait l'entrée du Détroit, déboucha sur la mer du Nord (l'Atlantique) et retourna en Espagne, tenant ainsi son engagement en étant le premier navigateur à parcourir le détroit de Magellan d'ouest en est sur toute sa longueur.*

« Le port Bermejo, de Sarmiento de Gamboa, fut le deuxième chantier naval qu'offrirent les canaux occidentaux de la Patagonie aux explorateurs du littoral austral chilien, le premier étant celui de Francisco Cortez Ojeda où avait été construit vingt-deux ans plus tôt le brigantin San Salvador *à l'extrémité S-O de l'archipel de Wellington. »*

« Le naufrage du brigantin de Sarmiento de Gamboa est aussi le deuxième consigné dans les chroniques, après celui de Diego Gallegos qui avait coulé au sud du port de San Andrés (latitude 46° 30') au mois de novembre 1557. »

Le navigateur et explorateur espagnol Pedro Sarmiento de Gamboa est une figure exemplaire de ces conquérants qui, attirés par la découverte du détroit de Magellan, arrivèrent au Chili à partir du XVIe siècle pour y coloniser des terres au nom du roi d'Espagne Philippe II. Gamboa laissa une œuvre littéraire intéressante. Ses *Voyages au détroit de Magellan* et son *Histoire des Incas*, le classent parmi les écrivains estimables de son siècle. Toutefois, son retour en Europe ne fut pas de tout repos. Après avoir abandonné les côtes sud-américaines, son navire fut capturé par une escadre anglaise et l'équipage fait prisonnier. Les Anglais les soupçonnant de transporter de l'or et de l'argent ils soumirent les hommes à la torture. N'ayant rien trouvé, ils relâchèrent les prisonniers, mais reconnaissant Pedro Sarmiento de Gamboa, ils estimèrent que c'était une bonne prise et l'emmenèrent captif en Angleterre, où ils arrivèrent en 1586. Voici comment ils l'identifièrent.

Les corsaires anglais étaient très rusés dans les combats navals. Ayant repéré un vaisseau espagnol, ils hissèrent un drapeau de soie blanche pour dissimuler leur nationalité. Mais quand ils furent assez près de leur ennemi, ils hissèrent cette fois le pavillon de Saint-George. Le vaisseau espagnol choisit alors la fuite et, pour distancer les navires anglais, jeta de nombreux objets à l'eau, parmi lesquels se trouvait un paquet contenant des cartes du détroit de Magellan. Sur l'une d'elles était écrit : « Chevalier espagnol Pedro Sarmiento de Gamboa. » Les Anglais avaient repêché ce que les Espagnols avaient jeté à la mer.

Sir Walter Raleigh, amiral de la flotte et fidèle ami de la reine obtint de celle-ci la libération de l'Espagnol. On raconte que Sarmiento et la reine eurent une agréable conversation en latin.

Mais la poisse le poursuivait. Se rendant à Calais, il est fait prisonnier par les huguenots qui demandent une rançon pour sa liberté. Il restera captif trois ans. Ces trois années en feront un vieillard avant l'âge. Il perdit toutes ses dents et rentra estropié en Espagne, où il consacra son temps à écrire ses voyages. La publication de ses récits lui rendit son nom et fit de lui un grand personnage historique.

À propos du cap Horn

On dit que Francis Drake aurait découvert le rocher du « Cap » et fait de sa localisation un secret d'État, craignant que sa divulgation ne permît aux galions espagnols de l'utiliser. Le mystère aurait donc tenu à des raisons politiques et mercantiles…

Peu importe, car Drake fut un grand navigateur et un fameux corsaire, digne qu'une mer porte son nom.

Bien des audacieux se demandèrent s'il n'existait pas un autre passage au sud du détroit de Magellan.

Wilhelm Schouten et son grand ami Isaac Le Maire conçurent dans une taverne un ambitieux voyage à l'extrême sud du continent américain. La Hollande était à l'apogée de ses entreprises maritimes et les récits allaient bon train.

Ainsi naquit la légende du Hollandais volant, Vanderdecken, aventurier téméraire que les marins identifient avec un capitaine blasphémateur qui joua son salut en doublant le cap de Bonne-Espérance pour ne jamais revenir.

J'aime bien la chanson inspirée de ce Hollandais, frère de notre fantomatique *Caleuche* dont l'équipage est composé de sorciers de Chiloé qui murmurent au rythme des vagues et des chaînes :

Oh, capitaine Vanderdecken
de la somnolente Amsterdam
Dis, quand tu bois te rappelles-tu
un ami qui est parti ?

On dit que tu as fait des réserves
pour les temps difficiles
mais tu as abandonné les mers
où donc es-tu allé ?

La légende a inspiré Richard Wagner, Coleridge et Walter Scott, tant d'autres…

Mais revenons à nos deux aventuriers. Schouten était un marin expérimenté qui avait déjà fait plusieurs voyages en Orient. Son ami Le Maire était membre de la Compagnie hollandaise des Indes orientales, mais en désaccord avec celle-ci, qui ne voyait pas l'intérêt de cet hypothétique passage par le sud, il préféra s'associer avec Schouten et réaliser ce qui n'était encore qu'un rêve.

Ils équipèrent deux bateaux, la *Concorde*, de trois cent soixante tonneaux, avec un équipage de soixante-cinq hommes, sous les ordres de Schouten, et le *Horne*, une pinasse de cent dix tonneaux, avec un équipage de vingt-deux hommes, aux ordres de Jacob Le Maire, fils d'Isaac.

Ils appareillèrent de Horne le 16 mai 1615. Aucun fait notable ne vint troubler le voyage jusqu'au 5 octobre. Vers la mi-journée un grand bruit résonne à l'avant de la *Concorde* et le pilote tout étonné voit l'eau prendre une teinte rouge sang. C'est en mouillant à Port Désiré pour effectuer des réparations que l'équipage découvrira une corne de narval plantée dans l'étrave à sept pieds sous l'eau.

Mis en carène, à Port Désiré, le *Horne* est incendié accidentellement. Les deux équipages se regroupent à bord de la *Concorde* et le voyage reprend. Ils longent la côte de Patagonie, dépassent le détroit de Magellan, et se retrouvent entre deux terres, dont l'une fut baptisée Terre des États – devenant plus tard l'Île des États. Ils poursuivent leur route et, le 29 janvier 1616, Schouten apercevant un promontoire rocheux s'écrie « Cape Horne ! » en l'honneur de sa ville natale. Le fameux « passage secret de Drake » venait d'être découvert par ces hommes qui se pressaient à bord de la *Concorde*.

Tous portaient des vêtements chauds : bottes de cuir enduites de graisse de phoque, grosses vestes de laine et bonnets de cuir pour supporter les vents, la grêle, les tempêtes. La plupart avaient moins de trente ans, sauf Schouten qui approchait la cinquantaine.

Le jour même, ils inscrivaient la position : Cap Horn, 57° 48'. Des années plus tard la latitude fut rectifiée à 55° 59'. Deux degrés de différence très importants pour ceux qui s'aventurent dans la région...

La découverte du Cap et l'ouverture d'une nouvelle route vers le Pacifique firent grande impression en Europe, particulièrement en Espagne où l'on s'inquiétait du sort des colonies en Amérique et en Orient. Une expédition dirigée par les frères Nodal fut envoyée pour confirmer l'existence de ce nouveau passage.

Lors de son voyage de retour, la *Concorde* fit escale au port de Bantam appartenant à la Compagnie hollandaise des Indes orientales, avec laquelle Le Maire avait rompu ses relations. Schouten fut accusé par la Compagnie d'avoir transgressé les règles. Cette accusation fut portée par l'amiral Spilberg, membre du Conseil des Indes orientales qui ordonna la confiscation du bateau…

À propos du cap Horn, Jan Valtin (pseudonyme de B. Traven ?) écrivit : « Cap Horn, toi qui transformes la beauté en naufrage, et brises l'acier et rends l'homme muet ! (*Bend in the River*) »

L'admirable Herman Melville écrit dans *La Vareuse Blanche* : « Cap inabordable ! On peut le doubler par l'est ou par l'ouest, comme on voudra, avec le vent en poupe ou par le travers, c'est selon, mais peu importe car le cap Horn est le cap Horn : une corne capable de culbuter le meilleur navire. »

Voici enfin ce que j'écrivais dans mon livre de contes intitulé *Cap Horn*[1] : « Les marins prétendent qu'à un mille de ce tragique promontoire, témoin de l'incessant duel que se livrent au cap Horn les deux plus grands océans, le Diable veille au fond des eaux, harnaché de chaînes et de fers qui grincent épouvantablement les nuits de tempête, quand les flots montent à l'assaut des ombres. »

1. Traduit aux éditions Phébus, 1994.

Le « Nuestra Señora del Rosario »
1675

« La nouvelle de l'établissement des Anglais dans les archipels patagoniens étant remontée le long des côtes chiliennes jusqu'aux autorités du Pérou, le comte de Castellar, don Baltasar de la Cueva, vice-roi du Pérou, ordonna de préparer le vaisseau *Nuestra Señora del Rosario* et deux pinasses pour qu'ils se rendent au sud de la grande île de Chiloé à la recherche de ces soi-disant établissements étrangers et les mettent à la raison.

« La mission fut confiée au capitaine don Antonio de Vea, l'un des marins les plus remarquables de la vice-royauté. Et dans la soirée du 21 septembre 1675, le *Nuestra Señora del Rosario* s'éloignait des quais de Callao, emportant dans ses flancs les deux pinasses en pièces détachées qui devaient être armées dans le sud pour servir de bateaux auxiliaires.

« Le 30 octobre, après un long voyage, le *Nuestra Señora del Rosario* embouquait le détroit de Chacao, mais à cinq heures du matin le vent tombait et le navire fut entraîné par la marée, très violente à cet endroit, et poussé contre l'îlot Remolinos où sa coque se brisa. Inondé, il s'échoua à grand-peine sur la plage de la rade de Chacao, où l'on constata que le *Nuestra Señora del Rosario* ne pourrait reprendre la mer qu'après de sérieuses réparations.

« Don Antonio de Vea fit mander des plongeurs parmi les indigènes afin de récupérer les pièces des pinasses, dont il ordonna la construction afin de reprendre son voyage vers le sud. Mais avant son départ, il demanda au capitaine Pascual de Iriarte de se rendre dans les îles, à bord du premier bâtiment qui se présenterait, à la recherche, jusqu'au détroit de Magellan, des soi-disant établissements étrangers. Iriarte s'exécuta mais remonta dans le nord sans jamais avoir trouvé lesdits établissements anglais.

« Don Antonio de Vea poursuivit son voyage dans les archipels avec les deux pinasses et quelques pirogues indigènes. Il franchit à pied l'isthme d'Ofqui, où il fit acheminer des pirogues jusqu'au río San Tadeo, traversa le golfe des Peines, continua vers les îles de Guayanecos et la côte occidentale de l'archipel Duc de Wellington, descendit au-delà de la latitude 49° 30' et remonta vers le nord convaincu de l'inexistence de colonies étrangères dans le sud et de l'inclémence de la région australe.

« Le voyage de Vea n'eut pas pour seule conséquence le naufrage du *Nuestra Señora del Rosario*, mais aussi celui d'un autre bateau sur les récifs des Evangelistas, à la bouche occidentale du détroit de Magellan, comme nous allons le voir.

« Avant de remettre cap au nord, don Antonio de Vea fit poser dans l'île de San Esteban (aujourd'hui

San Javier), le 13 janvier 1767, une plaque de bronze portant une inscription attestant que ces îles étaient propriété du royaume d'Espagne :

« Sous le règne de Charles II le juste, le grand, craignant Dieu et adorant sa précieuse mère la Très Sainte Vierge sans trace du péché originel dès sa naissance, Roi des Espagnes à la suite de l'ancienne et jamais disputée possession de ces mers, domaines et royaumes du Pérou, les gouvernant dans la paix, la justice et la tranquillité, en tant que Vice-roi, lieutenant et capitaine général, son excellence, don Baltasar de la Cueva Henríquez, comte de Castellar, marquis de Malagón, gentilhomme du conseil de guerre des Indes, sous l'ordre et le mandat de S. M., fit poser cette inscription par le gouverneur général don Antonio de Vea, ayant exploré ces territoires jusqu'à 50° de latitude. De l'anse fermée en l'île San Esteban, le 13 janvier 1676. Don Antonio de Vea. »

Après le naufrage du *Nuestra Señora del Rosario* contre la roche Remolinos du canal de Chacao, rendant impossible la poursuite de l'exploration des archipels australs, Antonio de Vea décida d'envoyer le renommé capitaine Pascual de Iriarte en mission de reconnaissance dans le détroit de Magellan afin qu'il repère l'éventuelle présence d'étrangers dans la région.

Très fier de la tâche qui lui était confiée, le capitaine Iriarte appareilla de la rade de Chacao le 14 janvier 1676. Son navire était la *Santísima Trinidad* qui naviguait de conserve avec une pinasse comme bâtiment auxiliaire.

Il leur fallut trente jours pour atteindre le détroit après une traversée semée d'obstacles inconnus et redoutables.

Les côtes de la Patagonie occidentale, qui ont attiré tant d'aventuriers amoureux des périls, accueillirent le capitaine Iriarte le 17 février. Il envoya la pinasse aux Evangelistas afin d'y honorer le roi Carlos II par la pose d'une plaque, comme l'avait fait Antonio de Vea sur l'île San Esteban, dans le golfe des Peines.

Les Evangelistas, qui doivent leur nom aux premiers Espagnols qui les explorèrent, sont une poignée d'îlots protégés par des récifs abrupts et dangereux, qui servent de refuges aux phoques et aux oiseaux de mer.

Malheureusement, la pinasse et ses dix-sept hommes d'équipage qui se dirigeaient avec décision vers les Evangelistas furent assaillis par une mer démontée et de violentes bourrasques qui provoquèrent le naufrage du petit bâtiment.

Tous les hommes disparurent dans la catastrophe, parmi lesquels le lieutenant Antonio de Iriarte, fils du capitaine Pascual de Iriarte.

Terriblement affecté par la perte de son fils et de l'équipage de la pinasse, le capitaine Iriarte, commandant de la *Santísima Trinidad*, repartit au nord vers Chacao.

À l'issue de ce voyage périlleux, il fut considéré qu'il n'y avait pas de colonies étrangères sur la côte ouest de la Patagonie, alors que les autochtones installés dans ces régions désolées affirmaient la présence de bateaux anglais.

Ainsi, Antonio de Vea, satisfait d'avoir accompli sa mission, repartit au Pérou.

Un vaisseau

1694

« Le 27 janvier 1694, une voile suspecte apparut à l'entrée de la baie de Concepción. Dans le port, un bateau espagnol appelé le *Santo Cristo*, dont le capitaine et propriétaire était Juan Güemes Calderón, fut envoyé en reconnaissance. Le *Santo Cristo* se contenta de s'approcher en gardant ses distances et de revenir en affirmant qu'il s'agissait d'un vaisseau espagnol attendu à Chiloé. Or c'était un bateau de pirates, lesquels, à la nuit tombée, s'emparèrent par surprise du bâtiment espagnol. Le 29 janvier au matin on découvrit qu'ils avaient emmené le *Santo Cristo*. Les deux navires apparurent, arrimés, à l'île Quiriquina. Le capitaine Güemes Calderón s'y rendit à bord d'une pinasse pour négocier la restitution de son navire avec le chef des pirates et obtint de celui-ci la promesse qu'il lui serait rendu contre la remise, sous deux jours, d'une rançon de six mille pesos d'argent, cent bonbonnes de vin et vingt-cinq d'eau-de-vie. Pour le reste, les pirates se montrèrent conciliants en libérant tout l'équipage, ne gardant que le contremaître en otage.

« Le gouverneur du Chili, don Tomás Marín de Poveda, voulut néanmoins s'emparer du vaisseau ennemi et délivrer le prisonnier. Voici ce qu'il écrivit :

« Bien que le manque d'embarcations et le peu de temps dont nous disposions rendissent difficile l'exécution de mon plan, je m'empressai de faire armer trois bâtiments de cinquante hommes et trois pierriers de bronze. Le 30 janvier, à la nuit tombée, je donnai l'ordre du départ. Sous le couvert de la nuit, nos trois bâtiments s'approchèrent silencieusement à un jet de pierre des sentinelles ennemies et ouvrirent un feu nourri afin de fondre sur les pirates qui, dans l'incapacité de s'approcher de notre flottille, choisirent la fuite. Ne pouvant les rejoindre, les nôtres reprirent possession du Santo Cristo et délivrèrent le prisonnier. »

« Le bateau pirate gagna le large et le *Santo Cristo* retourna à son port d'attache. On apprit par la suite que ces pirates s'étaient déjà tristement illustrés sur les côtes d'Arica. Craignant de nouvelles déprédations, le gouverneur du Chili décida d'armer le *Santo Cristo* et de pourchasser les pirates. À cette époque il n'existait pas de distinction entre les officiers de mer et de terre, aussi le gouverneur nomma-t-il commandant du navire son propre frère, don Antonio Martín de Poveda, capitaine de cavalerie de l'armée des frontières.

« Le *Santo Cristo* hissa les voiles le 8 février à destination des îles de Juan Fernández, mais n'y trouvant pas le pirate, il se dirigea vers Valdivia, doubla l'île Mocha et entra dans le port de Corral, pour refaire voile vers Concepción le 31 mars et y apprendre que le pirate n'avait été vu nulle part sur les côtes du nord.

« Plusieurs mois passèrent sans que les pirates fissent parler d'eux. Ce fut seulement à la fin de l'année que le gouverneur fut en mesure de communiquer les informations suivantes :

« Constatant qu'il était suivi, ce navire n'osa pas retourner à Juan Fernández ni sur la côte et tenta de gagner le Détroit. S'y étant engagés, ils échouèrent le navire sur le rivage, le vidèrent, le dépecèrent et entreprirent de construire un bateau de taille moyenne afin de poursuivre leur voyage vers la mer du Nord (l'Atlantique). À cet effet, ils envoyèrent douze prisonniers à bord d'un canot dans les archipels pour y couper du bois, mais ceux-ci en profitèrent pour s'enfuir et parvinrent à gagner le port de Valdivia. Ils purent ainsi raconter le périple du vaisseau pirate et le leur, entre le détroit de Magellan, où ils s'étaient perdus, et leur arrivée à Valdivia, dont le gouverneur m'informa par une lettre du 3 décembre 1694. » (Lettre citée par don Diego Barros Arana.)

Tel qu'il se lit, ce récit tient davantage de la fiction que d'un compte rendu de fait réel. Pourtant, la piraterie le long des côtes chiliennes est une vieille histoire. Corsaires, flibustiers et boucaniers ont très tôt écumé le courant de Humboldt, du cap Horn jusqu'aux Galapagos. Nous avons déjà parlé de Pedro Sarmiento de Gamboa lancé à la poursuite de Francis Drake. Le détroit de Magellan a très vite suscité des désirs de conquêtes et d'explorations. Puis d'expropriations dont les Indiens Alakaluf seront les grandes victimes.

Je pense d'abord au fameux Thomas Cavendish qui, en 1587, s'engage dans le détroit de Magellan à la tête de trois vaisseaux et découvre ce qui reste de la Forteresse de San Felipe, où Sarmiento de Gamboa avait voulu fonder une ville. Ambitieux, Gamboa avait tenté d'établir une deuxième colonie, abandonnant à leur sort les colons de San Felipe qui, souffrant de pénuries, succombèrent lentement à la faim et aux maladies. À son arrivée à San Felipe, Cavendish trouva trois survivants affamés qui s'étaient nourris de feuilles, de racines et des rares oiseaux qu'ils parvenaient à tuer. L'un d'eux s'appelait Tomé Hernández.

Voici ce que raconte Francis Pretty, un gentilhomme qui accompagnait Cavendish dans sa course, qu'il qualifie d'« admirable et prospère voyage », probablement parce qu'il se trouvait à bord du *Hugh Gallant*, un des trois vaisseaux confortablement aménagé :

« La cité du Roi Philippe construite par les Espagnols disposait de quatre fortins que nous trouvâmes en ruine. Des cadavres étaient encore dans les maisons. Nous nous emparâmes des pièces d'artillerie enterrées. La ville était bien conçue, située au meilleur endroit du Détroit car il y avait de l'eau et du bois. Ils avaient construit des églises et leurs lois devaient être très dures car il y avait un gibet où pendait encore un supplicié. Il semble qu'ils se nourrissaient essentiellement de mollusques. Parfois de quelque gros gibier descendu de la montagne pour s'abreuver. Les Espagnols s'étaient installés là pour empêcher que d'autres qu'eux-mêmes eussent accès à la mer du Sud, ce qui explique l'existence des fortins. Mais les vivres commencèrent à manquer et rien ne poussait. Les gens mouraient comme des chiens, ils n'avaient plus de quoi se vêtir. Ils durent enterrer leurs morts tandis que les survivants erraient sur le rivage avec leur arquebuse en quête d'animaux à tuer. Notre général baptisa cette ville Port-Famine. Elle se situe à 53° de latitude S.

« Le 15 mars, le *Gallant* parvint à la hauteur de l'île Santa María, où il retrouva le navire amiral et la *Content*, qui étaient partis à l'île Mocha, située à 38° de latitude S. Un groupe de nos hommes descendus à terre dut affronter des Indiens armés d'arcs et de flèches, originaires d'une vaste région appelée Arauco. Ils nous avaient pris pour des Espagnols. Arauco est un riche territoire comptant de nombreuses mines d'or que les Espagnols n'ont jamais pu soumettre.

« Le 30 mars nous arrivâmes à la baie de Quintero à 33° 50'.

« Nous descendîmes à terre et notre général envoya deux messagers parlementer avec des hommes qui se trouvaient dans la colline, mais ils ne purent se faire comprendre. Alors notre général envoya

Tomé Hernández, le rescapé espagnol de Port-Famine que nous avions pris à bord.

« Avec une soixantaine d'hommes commandés par le capitaine Havers, nous marchâmes plusieurs milles à l'intérieur des terres. Nous vîmes des animaux ressemblant à des bœufs sauvages, ainsi que des lièvres, des chevaux et des poulains. Nous nous rendîmes compte que cette terre était fertile.

« Nous fîmes halte au bord d'une belle rivière où les hommes purent boire et se rafraîchir. Sur le chemin du retour nous ne rencontrâmes pas âme qui vive, mais de nombreux chiens sauvages. Cependant deux cents cavaliers nous guettaient. L'Espagnol Tomé Hernández nous avait trahis et leur avait dit que nous étions faibles. Mais ils ne nous attaquèrent pas et nous regagnâmes de nuit notre navire en nous déplaçant en formation de bataille.

« Le lendemain, 1er avril 1578, nos hommes descendirent à terre pour y chercher de l'eau. Ils n'avaient pas fini leur tâche que deux centaines de cavaliers dévalaient les collines. Il s'ensuivit un combat d'une heure et l'ennemi finit par se retirer. »

Il existe deux versions des faits. L'anglaise dit que les Espagnols perdirent vingt-quatre hommes et les Anglais douze. Mais selon Tomé Hernández, les Espagnols n'eurent ni morts ni blessés.

La version de Hernández, qui avait juré de dire la vérité, parvint entre les mains du vice-roi du Pérou, don Francisco de Borja, prince d'Esquilache (canonisé après sa mort sous le nom de San Francisco de Borja) le 21 mars 1620. En voici un extrait :

« En l'an 1580, sur ordre de sa Majesté Catholique des gens furent envoyés pour coloniser le détroit de Magellan et faire la guerre au royaume du Chili, et Diego Flores de Valdès fut nommé capitaine général de la flotte et des hommes qui devaient débarquer dans le Détroit et au Chili, ce pour quoi vingt-trois vaisseaux furent armés, sur lesquels embarquèrent le capitaine Pedro Sarmiento, qui devait coloniser les terres, et don Alonso Sotomayor, gouverneur du Chili. [...] Après maints contretemps ils atteignirent le Cap-Vert, puis Rio de Janeiro et informèrent le général Diego Flores de Valdès que les Anglais les harcelaient et lui demandèrent de laisser sur place des hommes et de l'artillerie. Un mois et demi plus tard ils repartirent vers le Détroit mais furent pris dans une tempête au cours de laquelle l'*Arriola* coula à pic avec trois cents personnes à bord sans qu'on pût leur porter secours. [...]

« À Santa Caterina, ou Catalina, une frégate sombra, mais on put sauver les marchandises qu'elle transportait et les soldats gagnèrent la terre ferme. De nombreux hommes étaient restés à l'arrière et le capitaine Meléndez fut informé du naufrage de la frégate et de la mutinerie des soldats. Au dire de certains, ils fuyaient les Indiens qui les avaient d'abord bien accueillis puis après voulurent les tuer. Les mutins furent punis et la troupe repartit le long du rivage car les Indiens avaient mis le feu aux terres.

Mais en sortant du port, la *Proveedora* coula et avec elle les canons et les provisions de vivres, tandis que tous les hommes furent sauvés. Quelques jours plus tard ils entraient dans le premier goulet du Détroit. Les vaisseaux se regroupèrent, trois navires et deux frégates, mais Diego de la Ribera ne voulut pas continuer et débarqua deux cent quatre-vingts hommes sans vivres sous les ordres du capitaine Pedro Sarmiento. Et Diego de la Rivera repartit en les abandonnant sans vivres, avec un seul petit bateau.

« C'est là, au bord de la mer, qu'ils s'installèrent et construisirent des huttes. [...] Dans ce premier village arrivèrent deux cent cinquante Indiens géants. Ils se battirent un moment et quelques soldats espagnols furent blessés.

« Mais une décharge d'arquebuses abattit beaucoup d'Indiens et leur chef. Alors, Pedro Sarmiento laissa trois cents hommes dans ce premier village, où arriva ce que j'ai dit, et partit avec quatre-vingts soldats à la recherche du navire [...]

« Le jour de la Saint-Marc ils découvrirent le vaisseau à l'ancre dans une crique et la neige se mit à tomber. Ils cherchèrent un endroit au bord de la mer et construisirent un village qu'ils baptisèrent la Cité de San Felipe. Ils l'entourèrent d'un rempart de troncs d'arbres et placèrent des pièces d'artillerie. Une nuit, le témoin, chef d'escouade, faisait une ronde des postes de garde quand il rencontra un prêtre du nom d'Alonso Sánchez en train de parler avec le soldat Juan Arrojo. Le témoin lui demanda ce qu'il voulait et le prêtre lui dit qu'il lui donnerait la nouvelle s'il la gardait secrète. Ce qu'il promit et le prêtre lui raconta que les soldats voulaient se mutiner et tuer Pedro Sarmiento parce qu'ils ne supportaient plus la vie qu'ils menaient et voulaient retourner au Brésil.

« Ayant écouté ces propos, il retourna au bateau et révéla l'affaire à Pedro Sarmiento, lequel fit mander le soldat Juan Rodríguez, natif de la Manche, qui était à la tête de la mutinerie, et trois de ses camarades, il les fit emprisonner, puis ils furent conduits sur la place où on leur coupa la tête. Le prêtre fut emprisonné à bord du bateau.

« Pedro Sarmiento étant resté deux mois dans cette deuxième colonie, il y laissa les gens tranquilles et pacifiques sous l'autorité de son neveu auquel il conféra le grade de capitaine. Puis il s'embarqua, emmenant avec lui le prêtre prisonnier et dix soldats, hissa les voiles et déclara qu'il se rendait à la première colonie à la recherche de gens pour les ramener sur place puis pour partir au Chili. Mais jamais il ne revint. Deux mois après, les gens de la première colonie arrivèrent à pied à la mi-août, en plein hiver. [...]

« Tous attendirent le retour de Pedro Sarmiento. Ils commencèrent à chercher des coquillages car les gens étaient affamés. Au début de l'été, le capitaine Viedma rassembla tout le monde, mais il ne restait plus que quinze hommes et trois femmes, car tous les autres étaient morts de faim et de maladie. Ils décidèrent de se rendre à la première colonie. En chemin ils trouvèrent de nombreux cadavres d'Espagnols que le capitaine Viedma avait dépêchés de la deuxième colonie. À quatre lieues au-delà de la pointe San Jerónimo ils aperçurent trois navires qui embouquaient le Détroit. À la nuit tombée ils allumèrent un feu pour être vus des navires qu'ils pensaient être espagnols.

« Le témoin et deux autres soldats, l'Estrémègne Juan Martín Chiquillo, et Juan Fernández de Puentevedra se postèrent en face d'un canot qui arrivait et firent des signes avec un drapeau blanc. Il leur demanda d'où ils venaient, et il lui fut répondu en espagnol qu'ils venaient d'Angleterre et qu'ils allaient au Pérou. Et l'un du canot leur dit qu'ils pouvaient s'embarquer parce qu'ils étaient de "meilleurs chrétiens que nous". [...]

« C'est ainsi que le témoin embarqua avec son arquebuse. Mais quand il fut à bord, on refusa de laisser monter ses deux compagnons. Le témoin apprit alors que le général Tomas Candi[1] se trouvait à bord du canot et lui demanda d'embarquer les eux soldats. Le général lui demanda alors s'il restait d'autres gens, d'aller les chercher et de l'attendre. Mais comme le temps était favorable, le général hissa les voiles sans les attendre vers la Cité du Roi Philippe, la deuxième colonie fondée par Pedro Sarmiento. Là, ils s'emparèrent de six pièces d'artillerie, quatre de bronze et deux de fer, que Pedro Sarmiento avait débarquées du bateau. Ils repartirent et huit jours après avoir quitté la colonie ils atteignirent la mer du Sud, où ils affrontèrent de fortes tempêtes. Ils débarquèrent à l'île Santa Maria et

1. Il s'agit de Thomas Cavendish.

s'emparèrent de grandes quantités de nourriture dans les maisons des Indiens, puis ils repartirent.

« Quand le jour se leva, ils se retrouvèrent à Quintero où il firent provision de bois et d'eau et tuèrent des bêtes. À ce moment-là apparurent trois Espagnols à cheval, avec leurs lances et leurs armures. Les voyant, le général demanda au témoin d'aller voir ce qu'ils voulaient, ce qu'il fit accompagné de deux Anglais. Le témoin revint et dit au général Tomas Candi qu'ils étaient espagnols, mais il avait réussi à prévenir ceux-ci qu'il était lui-même espagnol, que des Anglais le suivaient et qu'il s'arrangerait pour que le général le renvoie auprès d'eux afin de les convaincre de partir avec eux à la recherche de ravitaillement. Il les rejoignit donc et l'un d'eux le fit monter en croupe de son cheval et ils partirent vers une ferme.

« Ayant appris l'arrivée d'ennemis, le corregidor de Santiago se rendit à la ferme où était le témoin et s'y présenta au matin avec ses gens. Les Anglais étaient allés chercher de l'eau et laver leur linge dans la lagune de Quintero. Les Espagnols les attaquèrent, tuèrent douze Anglais et en capturèrent neuf. Comme le bateau se rapprochait du rivage, ils se retirèrent après avoir pendu six des neufs prisonniers et repartirent à Santiago où le témoin resta un temps avant de venir au Pérou. Ainsi prit fin le voyage qu'il fit au Détroit et à la colonie de Magellan. »

Le « Begoña »

1695

« Ce bâtiment quitta Valparaiso avec une cargaison de blé destiné à Callao et fit naufrage en face de Concón à cause d'un mauvais arrimage, comme il arrivait souvent à cette époque.

« Voici ce qu'en dit Benjamin Vicuña Mackenna :

« Par une matinée sereine, où soufflait une légère brise du sud, le navire rempli à ras bord de blé et de fruits leva l'ancre et mit le cap au nord. Mais à peine se trouvait-il à la hauteur de Concón qu'une bourrasque le bouscula et coucha ses mâts sur l'eau.

« Les habitants du port contemplaient de la plage cet étrange naufrage dû comme tant d'autres à la cupidité qui imposait aux navires des chargements excessifs, comme le critiquait déjà le père Ovalle un demi-siècle plus tôt. Le sauvetage s'organisa. Heureusement, quatre navires de Callao se trouvaient au mouillage (le Concepción, *le* San Fermín, *le* San Juan Evangelista *et le* Santo Tomás de Villanueva*), de sorte que le gouverneur, à cette époque le général don Francisco Mardones, les envoya porter secours aux naufragés.*

« Le lendemain, le Begoña *se retrouva à proximité de la plage, toujours couché, mais ne faisant plus eau, car il n'y avait tout simplement plus de place pour l'eau. À la force des bras, des rames et des câbles, il put être halé en trois jours jusqu'au mouillage. Mais il était tellement enfoncé dans l'eau qu'on ne voyait plus qu'une partie de sa galerie de poupe. Le* Begoña *put être redressé et remis à flot, mais depuis lors son nom n'a plus figuré sur la liste des navires du Pacifique. »*

Quelques années plus tard, en 1700, eut lieu un autre naufrage aux caractéristiques similaires, car le navire transportait lui aussi des fruits et du blé provenant du sud, dont la production était très importante à cette époque. Dans la vallée de Quillota on cultivait le chanvre, la canne à sucre et même la vigne. Mais malgré ce remarquable développement agricole, on négligeait les moyens de transport de tous ces produits. Certains chroniqueurs attribuent de nombreux naufrages à la fragilité des navires et, plus déterminant, à l'incompétence des pilotes.

Valparaiso était un port stratégique car les marchandises y étaient entreposées et partaient vers d'autres destinations.

Selon l'historien Francisco Encina, le Chili connaissait alors une période d'abondance alimentaire, si bien que le problème n'était pas de produire plus mais de trouver des consommateurs alors que le commerce était encore embryonnaire.

De nombreux propriétaires de fermes et de vergers se nourrissaient de leurs propres récoltes et de multiples produits qui ne trouvaient pas preneurs étaient tout bonnement jetés à la sortie des villes, tandis que les Indiens, éternels laissés-pour-compte, n'ayant pas de quoi acheter des réserves de haricots et de blé, devaient parcourir de longues distances pour se ravitailler, et ce malgré une surproduction qui était gaspillée. En outre, les communications devenaient incertaines en hiver, car les rivières gonflaient et les gués se faisaient rares.

Les *cabildos*, conseils municipaux des villes importantes, manifestèrent peu à peu une certaine indépendance, sans pour autant vouloir rompre avec la couronne d'Espagne. C'est ainsi que le cabildo de Santiago, dont l'autorité s'étendait jusqu'à la région de Maule, instaura une nouvelle législation visant à contrôler la vente et la qualité de certains articles et à éviter stockages et spéculations, ou encore de jeter d'énormes quantités de blé charançonné dans les entrepôts de Valparaiso. De grands sages.

L'escadre du général Pizarro et du commodore Anson[1]

1741

« Fin 1740 une escadre destinée à attaquer les possessions espagnoles au Chili et au Pérou quittait l'Angleterre sous les ordres du commodore Anson. Ayant appris la nouvelle, l'Espagne envoya immédiatement une flotte commandée par le général José Pizarro. Elle se composait de quatre navires, l'*Asia*, avec soixante-quatre canons et sept cents hommes, le *Guipuzcoa*, soixante-quatorze canons et sept cents hommes, l'*Hermione*, cinquante-quatre canons et cinq cents hommes, l'*Esperanza*, cinquante canons et trois cent cinquante hommes, et enfin la frégate *San Esteban*, avec quarante canons et trois cent cinquante hommes.

« Le dernier jour de février 1741, les Espagnols se trouvaient à l'ouest du cap Horn quand ils furent assaillis par une tempête si violente qu'elle dispersa l'escadre.

« Ils durent en essuyer une autre le 7 mars, cette fois accompagnée d'abondantes chutes de neige qui

1. Récit extrait de *Naufrages de la Marine espagnole* de Cesario Fernández. *(N.d.A.)*

recouvraient les ponts d'une couche épaisse. Le vent soufflait avec rage, les navires furent poussés vers l'est et après plusieurs tentatives infructueuses de poursuivre leur route, l'*Asia*, le vaisseau-amiral, l'*Esperanza* et le *San Esteban* durent revenir au río de la Plata à la mi-mai. L'*Hermione* fut probablement engloutie dans cette mer démontée, car elle ne reparut jamais. Quant au *Guipuzcoa*, il fit naufrage sur les côtes du Brésil.

« Cette escadre endura de terribles souffrances : un scorbut destructeur fut suivi d'une faim cruelle, au point qu'un biscuit se vendait à bord cinquante réaux. On découvrit qu'un marin avait gardé caché dans son lit pendant plusieurs jours le cadavre de son frère afin de pouvoir s'approprier sa ration de chocolat. Les durs travaux de la vie en mer, les maladies et la faim décimèrent les équipages. Le vaisseau-amiral perdit plus de trois cent cinquante hommes, autant que le *San Sebastián*, et l'*Esperanza* ne compta que cinquante-huit survivants. Le *Guipuzcoa* dut jeter à l'eau une ancre et une partie de son artillerie. Le 4 avril il perdit tous ses mâts. Deux cent cinquante hommes avaient déjà succombé. Les survivants devaient actionner la pompe à tour de rôle, les officiers les premiers pour donner l'exemple. La ration de nourriture quotidienne était réduite à une once et demie par individu, à une seule pour les malades qui ne pouvaient pas travailler. Il était fréquent de voir tomber des hommes, morts d'épuisement et de faim. Sur sept cents hommes d'équipage il n'en restait plus qu'une centaine, officiers inclus, capables de fournir un effort.

« Le 25 avril, ce bâtiment coulait au large du Brésil, à dix lieues au sud de l'île Santa Catalina. Au moment du naufrage, le tillac était jonché de trente cadavres.

« Il était écrit dans le livre du destin qu'un seul navire de cette fière escadre reverrait les côtes espagnoles ; ce fut l'*Asia*, cinq ans après son départ. Les autres ne reviendraient jamais dans la mère patrie. L'*Hermione* disparut dans les eaux glacées du cap Horn, le *Guipuzcoa* sur la côte brésilienne, le *San Sebastián* s'échoua dans le río de la Plata et bien que remis à flot ne pût jamais reprendre la mer, l'*Esperanza* parvint finalement à franchir le Détroit et à atteindre le Pacifique, mais dut y rester car il était trop endommagé pour affronter un voyage de retour en Espagne.

« L'escadre anglaise ne connut pas un sort si funeste, mais la tristesse fut du voyage. Elle se composait des navires suivants : le *Centurion*, soixante-quatre canons et quatre cents hommes, le navire-amiral aux ordres de George Anson, le *Gloucester*, cinquante canons et trois cents hommes aux ordres de Richard Rorris, le *Savern*, cinquante canons et trois cents hommes aux ordres d'Edward Lags, la frégate la *Pearl*, quarante canons et deux cent cinquante hommes aux ordres de Mattew Mitchel, la frégate le *Wager*, vingt-huit canons et cent soixante hommes, et le *Tryal*, huit canons et cent hommes, aux ordres du capitaine Murray.

« Aux hommes d'équipage, il faut ajouter quatre cents soldats. Le *Centurion* en comptait cent vingt-neuf.

« Cette flotte affronta les mêmes tempêtes que celle de Pizarro. Afin qu'on se fasse une idée de ces mers, voici quelques extraits du journal de bord du *Centurion* :

« Le 23 mai. Nous avons depuis longtemps doublé le cap Horn et nous nous approchons des côtes de Chiloé. Une tempête déchire nos voiles et nous empêche de manœuvrer. À huit heures du soir, une vague haute comme une montagne s'est abattue sur nous à tribord, donnant une telle secousse au bateau que des haubans se sont brisés, fragilisant ainsi les mâts. Le chargement a glissé sur bâbord, couchant le Centurion *sur cette bande. Nous nous attendions à sombrer à tout instant, les coups de roulis étaient d'une violence inouïe et on avait l'impression que le navire partait en morceaux. »*

« L'équipage de ce bateau était dans un état si pitoyable à son arrivée à l'île Juan Fernández, à cause de la fatigue, de la faim et du scorbut, qu'il ne restait plus que quarante hommes en état de manœuvrer et seuls quelques-uns pouvaient travailler en hauteur. Deux cent vingt-neuf hommes étaient morts. Le *Tryal* en avait perdu quarante-deux et seuls le capitaine, le second et trois hommes étaient encore valides. Le *Gloucester* toucha Juan Fernández un mois plus tard, il avait dû immerger deux cent quatre-vingt-douze cadavres et seuls les officiers et leurs domestiques tenaient encore debout. La ration d'eau à bord avait été longtemps limitée à un quart par jour et par homme.

« N'ayant pu doubler le cap Horn, le *Savern* et la *Pearl* remontèrent vers les côtes brésiliennes. Entré dans le Pacifique, le *Wager* fut assailli par une tempête et se fracassa sur la côte, par 47° 45' de latitude, au nord des îles Guayanecos, dans le golfe des Peines.

« Tel fut le sort des deux escadres. Les détails horrifient encore ceux qui connaissent bien les dangers et les hasards de la mer.

« De l'escadre de Lord Anson qui se rassembla à l'île Más a Tierra, de Juan Fernández, il ne restait que deux navires et deux frégates. »

La frégate le « Wager »

1741

« Cette frégate de l'escadre de Lord Anson, comptant vingt-huit canons et cent soixante hommes d'équipage, était commandée par le capitaine David Sheap.

« Après avoir tant bien que mal doublé le cap Horn, le *Wager* dut affronter de nouvelles tempêtes dans le Pacifique, le long des côtes occidentales de la Patagonie. Mais gravement endommagée, en partie démâtée, la frégate s'échoua à l'aube du 14 mai 1741 sur la côte nord des îles Guayanecos, au sud du golfe des Peines.

« La coque se maintint à flot, en appui sur les récifs où elle s'était échouée, si bien qu'au lever du jour l'équipage put débarquer une partie des vivres et de la cargaison, non sans difficultés à cause de la violence de la mer.

« Avec les voiles et des morceaux du bateau, les naufragés dressèrent des tentes pour se protéger des rigueurs de l'hiver et mettre les vivres à l'abri, dans cette région où les pluies sont abondantes et quotidiennes.

« Ils avaient également réussi à sauver la chaloupe

et les canots avec lesquels ils auraient pu partir au nord, mais la démoralisation de l'équipage ne tarda pas à se faire sentir et une mutinerie éclata, menée par l'artilleur John Bulkely qui s'opposait aux projets du capitaine Sheap de remonter au nord, de s'emparer d'un bateau de cabotage espagnol et de rejoindre Lord Anson qui devait se trouver aux îles Juan Fernández.

« Bulkely proposait de revenir en arrière, d'embouquer le détroit de Magellan, de remonter vers le Brésil et là de trouver un moyen quelconque de rentrer en Europe. Mais comme le capitaine Sheap, d'une grande fermeté de caractère, refusait de modifier son plan, une mutinerie éclata le 9 octobre, soutenue par quatre-vingt-un des quatre-vingt-douze hommes auxquels était réduit l'équipage de la frégate. Sheap fut maîtrisé et les mutins se préparèrent au départ vers le Brésil.

« Le 13 octobre, ils appareillèrent à bord de trois embarcations, emportant la plupart des vivres, laissant malgré tout quelques provisions à Sheap et à ceux qui lui restaient fidèles. Mais une des embarcations commandée par le midship John Byron, avec neuf hommes à bord, abandonna les mutins et rejoignit le capitaine Sheap pour partager son sort.

« Les abandonnés de Guayanecos, île qui porte aujourd'hui le nom de Wager, étaient, outre le capitaine, le lieutenant Hamilton, le chirurgien Elliot, auxquels s'ajoutèrent les neuf hommes de Byron et sept autres qui s'étaient dispersés dans les îles.

« Les naufragés ne ménagèrent par leurs efforts pour tenter de gagner Chiloé, mais le temps fut tellement mauvais pendant le mois de novembre, qu'ils ne purent entreprendre la traversée que début décembre, à bord des deux canots dont ils disposaient. Mais ils n'étaient pas encore au bout de leurs peines.

« La démoralisation était complète, les misères, les souffrances, la faim, les maladies et la dureté du climat avaient réduit le nombre des naufragés. Ne restaient que le capitaine Sheap, le lieutenant Hamilton et les midships Campbell et Byron. Le chirurgien Elliot avait succombé dans une île au nord du golfe des Peines – qui porte le nom de *Cirujano* (« chirurgien ») sur les cartes hydrographiques modernes, imposé par le capitaine Fitz-Roy, et ses compagnons eurent la vie sauve grâce aux Indiens Chonos qui les emmenèrent en pirogue à Chiloé à la mi-juin 1742.

« Pendant près de treize mois, les naufragés du *Wager* errèrent dans les îles australes et restèrent huit mois à Castro. De là, ils furent conduits à Valparaiso, puis à Santiago où ils reçurent de nombreuses marques d'estime de la part des autorités et des habitants de la capitale, mais ce n'est qu'en décembre 1744 qu'on leur permit de repartir en Europe.

« Les jésuites et missionnaires franciscains qui parcoururent plus tard les îles Guayanecos parlèrent de la frégate le *Wager*. Explorant ces côtes en 1829, le capitaine King identifia le lieu du naufrage et baptisa l'île du nom de Wager. »

Lord Anson, qui commandait le *Centurion*, s'était emparé de l'*Aranzazu*, un navire de six cents tonneaux provenant de Callao. Il transportait vingt-cinq mille pesos d'argent. Puis le *Centurion* mit le cap au nord et arraisonna la *Santa Teresa de Jesús*. Anson revint en Angleterre chargé d'un butin considérable.

Je suis frappé en lisant cette histoire que ces deux escadres, l'Espagnole commandée par Pizarro et l'anglaise par Anson, dont les longs voyages visaient à imposer le pouvoir de leurs nations respectives, furent progressivement anéanties par les maladies, les désertions, les mutineries, et non par des échanges de coups de canons. Dans son *Histoire de l'Angleterre*, Winston Churchill, prix Nobel controversé, écrit : « L'escadre du capitaine Anson, comptant de nombreux pensionnaires de Chelsea (prisonniers) disparut dans le Pacifique, infligea peu de dégâts aux Espagnols, mais fit cependant le tour du monde et prit possession de nombreuses terres au nom de la Couronne. »

On trouve des traces de son passage dans des baies et des îles, et dans quelques légendes, dont celle de notre vaisseau fantôme, le *Caleuche*.

La « Santísima Trinidad »

1754

« Ce navire marchand du Pérou quitta Valparaiso à destination de Callao le 7 septembre 1754, à 11 heures du matin. Il était commandé par don José Flores et transportait un chargement de fruits et de nombreux passagers.

« La *Santísima Trinidad* appareilla par un fort vent du sud avec une seule trinquette, mais comme le vent redoublait on vira de bord. Mal piloté, son chargement mal réparti, le navire piqua du nez, se coucha sur tribord et commença à faire eau.

« Jugeant impossible de sauver le bateau, le capitaine ordonna de mettre la chaloupe à l'eau, ce qui fut fait non sans difficultés à cause de la position inclinée du navire. Trente-huit personnes, membres d'équipage et passagers, y prirent place, tandis que quatorze hommes restaient à bord, dont le capitaine Flores et le missionnaire franciscain Fray Francisco Baiteiro, dépassés par les événements et ne pensant qu'à se confesser plutôt que d'échapper au danger, malgré les cris montant de la chaloupe, et qui de fait périrent noyés ainsi que le passager don José Ugarte, l'écrivain don Juan Sáez et quelques matelots.

« La *Santísima Trinidad* sombra très rapidement et les trente-huit passagers de la chaloupe se dirigèrent vers l'anse de Chuapa (aujourd'hui Choapa dans la IVe Région) et abordèrent à la plage de Huentelauquén le 9 septembre, vers dix heures du matin, où ils reçurent l'hospitalité. Deux hommes avaient néanmoins péri lors de l'embarquement dans la chaloupe.

« Les documents originaux que nous avons consultés consignent un fait qui mérite d'être relevé. Parmi les naufragés il y avait six esclaves noirs appartenant au propriétaire du bateau, don Marco Sáez :

« Ceux-là, on peut les aider, dit Bartolomé de Villar, *pour payer ce pauvre homme qui avec tant de charité les a considérés* (les naufragés) *et j'espère que V. E., auquel revient l'arbitrage suprême, destinera un de ces nègres au gouverneur afin que ledit Zéspedes* (le sauveur des naufragés de Huentelauquén) *soit satisfait selon ce que V. E. trouvera approprié, en tenant compte que d'ici au port* (Valparaiso) *il y a de soixante-dix à quatre-vingts lieues.* »

« La véritable cause du naufrage de la *Santísima Trinidad* ne doit pas être attribuée à la mauvaise construction du navire, mais à sa cargaison mal arrimée et à l'impéritie de son capitaine, ce que prouve le fait qu'il ait préféré se confesser alors que son devoir était de sauver le bâtiment, son équipage et ses passagers placés sous ses ordres.

« Cet événement, à proprement parler ridicule, nous fait voir ce qu'étaient les pilotes d'autrefois, peu préparés à affronter nos eaux tempétueuses, et nous rappelle qu'il y eut de valeureux marins tel ce capitaine du *San Sebastián*, un petit bâtiment échoué sur la côte déchiquetée de la Patagonie, et qui voyant ses hommes effrayés en train de prier mains jointes leur dit : "Eh, mes frères, ayez confiance en Dieu, mais servez-vous de vos mains et remuez-vous." »

On voit que Francisco Vidal Gormaz n'hésitait pas en 1901 à tenir des propos contraires à la bigoterie de l'époque. Et je ne l'en admire que plus.

La mention des six esclaves noirs du propriétaire du bateau fait clairement allusion au fait qu'ils serviraient à récompenser la « charité » avec laquelle les naufragés avaient été secourus.

Dans le deuxième tome de son *Histoire de Valparaiso*, Benjamin Vicuña Mackenna évoque lui aussi ce naufrage : « La *Santísima Trinidad* quitta Valparaiso le 8 septembre 1754 et le 16 arriva la nouvelle de son naufrage. Parmi les disparus, il y avait un épicier portugais appelé Antonio Muñoz, natif des Açores, qui selon la coutume (utile, on le voit) avait rédigé un testament la veille du départ.

« Par une des dispositions du document, il léguait la somme de cinquante pesos à une certaine Francisca Paula Galeas. Le père de celle-ci, don Juan Galeas Mendoza y Ladrón de Guevara (dont le nom ronflant laissait deviner un parent de Martínez de la

Espada) se présenta au gouverneur Santallana pour réclamer le legs, excusant sa fille de n'être point venue en personne parce qu'elle était indisposée. »

J'ai curieusement retrouvé la frégate la *Santísima Trinidad* dans le roman de Lion Feuchtwanger intitulé *Goya* : « À peine arrivé à Aranjuez, le peintre fut conduit devant le roi Carlos qui était accompagné de ses enfants. "Écoutez, don Francisco, c'est là une parfaite imitation de ma frégate la *Santísima Trinidad* qui doit en ce moment croiser au sud de la Chine, près de mes Philippines. Les choses étant ce qu'elles sont, aujourd'hui on ne peut plus être sûr de rien. Les Anglais ont passé un pacte avec le démon. Mais là-bas, avec notre frégate, tout va bien, nous avons fait le tour de toute l'île par le Tajo et le canal. Restez donc avec nous", tel fut son conseil. »

Il me reste à visiter le musée de la Marine à Madrid pour vérifier si la *Santísima Trinidad* qui avait fait naufrage au sud de l'Amérique était la même que celle qui naviguait dans l'imagination du monarque.

La « Purísima Concepción »
1765

« Ce navire destiné au commerce en mer du Sud, leva l'ancre à Cadix le 12 janvier 1764, commandé par le capitaine don Juan de Aguirre, en compagnie d'un autre baptisé *Los Placeres* (« les plaisirs »), qui devait suivre la même route. Ni l'un ni l'autre ne furent conséquents avec les noms qu'ils portaient.

« La *Purísima Concepción* commença un voyage lent, semé de contretemps, si bien que *Los Placeres*, plus chanceux, poursuivit seul sa route. Au douzième jour de voyage, la *Purísima Concepción* dut s'arrêter pour faire descendre à terre vingt-neuf passagers clandestins, révélant du même coup la négligence des officiers lors des préparatifs de départ. Puis se produisirent des actes d'insubordination, et dès lors la *Purísima Concepción* connut de multiples incidents jusqu'à son arrivée à Maldonado le 14 juin, d'où elle repartit le 28 pour mouiller le 8 juillet à Montevideo.

« Ils y passèrent l'hiver, réparant les avaries, et reprirent la mer le 6 décembre en direction du cap Horn.

« Les temps défavorables obligèrent la *Purísima* à rester dans les parages de l'île Flores jusqu'au 17.

Le 9 janvier 1765, elle se trouvait à 53° 37' de latitude S, selon l'estime, et à vingt-cinq lieues du rivage, avec cinquante-huit brasses de fond. Le 10 janvier, à 2 h 30 du matin, pour éviter la terre qui se dessinait dans l'obscurité, le navire s'échoua sur un haut-fond de quatre brasses d'eau, alors que les pilotes ne savaient plus où ils étaient.

« On allégea le navire et tendit des grappins pour le tirer de là. À marée haute la *Purísima* se remit à flotter, mais on s'aperçut alors qu'elle était tellement inondée que les pompes n'arrivaient pas à évacuer l'eau. Un plongeur alla inspecter la coque et y repéra une brèche. On hissa la voilure pour tenter d'échouer le bateau près du rivage avant qu'il ne coule à pic. De la poudre et des vivres furent remontés sur le pont pour les préserver de l'inondation et une fois le navire fermement échoué, les mâts furent abattus pour en faire des radeaux afin de sauver les vivres et le matériel de première nécessité.

« Tout le monde embarqua sur les radeaux et l'on débarqua dans une crique où il était possible d'établir des abris. Il y avait cent quatre-vingt-treize passagers et hommes d'équipage. Ils furent accueillis par un groupe d'Indiens qui semblaient pacifiques et avec lesquels les naufragés se montrèrent respectueux, risquant d'être leurs hôtes pendant un certain temps.

« Tout fut rassemblé dans cette crique qu'ils baptisèrent Consolación et situèrent à 54° 35' de latitude S, et prirent soin de ne pas gaspiller les moindres morceaux du navire, qu'ils comptaient utiliser pour construire un petit bateau afin de reprendre la mer vers le nord.

« Pendant les journées qui suivirent le naufrage, il y eut d'autres actes d'insubordination, parmi les hommes d'équipage, notamment des pillages et des rixes, mais l'ordre revint, imposé par le salut commun.

« Le campement installé, on entreprit de construire un brigantin : tandis que les uns allaient couper du bois dans une forêt proche, d'autres s'occupaient du chantier et de la cale. Il était convenu que l'embarcation devait mesurer vingt-huit coudes de quille et respecter les proportions correspondantes.

« La construction du bateau fut menée tambour battant, car le 19 mars 1765 il était terminé, mis à l'eau et baptisé *Real Capitana de San José i Las Animas,* alias le *Buen Suceso*, dont le nom ne devrait pas rester puisqu'il était censé sauver cent quatre-vingt-treize hommes. »

Cette histoire racontée de manière si simple retient l'attention par le petit commentaire de Vidal Gormaz au sujet du nom des navires. Et dans le *Routier de la Terre de Feu* (pages 182 et 183) je lis ceci :

« Baie Buen Suceso *(« Good Success »).* Située à sept milles du cap San Diego. Lieu très proche du cap Horn. À la pointe sud de la baie Buen Suceso se trouvent plusieurs îlots qui ont l'apparence d'un voilier. »

La simple lecture de ces textes m'émeut, car ils évoquent pour moi tant de souvenirs, et je me sens comme un voilier à l'ancre dans les parages du rocher éternel du cap Horn.

Les marées sont toujours un risque, même si elles offrent un bon mouillage. La baie Buen Suceso a beau être protégée de monts qui s'élèvent à trois cents mètres, les bourrasques, propulsées par les vents d'ouest, y sont d'une violence inouïe. En hiver, quand les vents d'est sont fréquents, aucun bateau ne pourrait mouiller si près de cette baie comme on peut le faire en été.

Parmi les nombreux navires venus d'Europe depuis Magellan, la *Purísima Concepción* est le premier à bord duquel sont découverts des passagers clandestins. Et je n'arrive pas à imaginer ces hommes comme des individus dangereux qu'il fallait débarquer au premier port. Sans doute parce que le personnage de ma première œuvrette, *Le Dernier mousse*[1], est lui aussi un passager clandestin, un gamin qui sera finalement accepté à bord. Pendant mon voyage en Antarctique, on découvrit également un clandestin. Il était gravement malade et avait besoin de soins. Nous fîmes une collecte d'argent et le débarquâmes à Puerto Montt, muni d'un rapport du médecin de bord conseillant son hospitalisation. Et puis après tout, il y a toujours des cas, des situations qui peuvent justifier la pré-

1. Phébus, 1996.

sence de passagers clandestins. Il ne faut pas se montrer trop sévère. N'y avait-il pas, par hasard, à bord du *Winnipeg*, un certain type de passager clandestin qui avait réussi à embarquer en ayant franchi toutes les barrières ? Moi, je crois que si.

Le *Winnipeg*, qui arriva au Chili en 1939, transportait de nombreux exilés de la guerre civile espagnole qui fuyaient le fascisme.

L'« Oriflama »

1770

« Horrible et désolante fut la perte de l'*Oriflama*, propriété des Ustariz, de Cadix, qui survint dans la nuit du 25 juillet 1770 sur la côte déserte de Huenchullami, non loin de l'embouchure du río Maule.

« Ce navire avait quitté la rade de Cadix cinq mois plus tôt, le 18 février, et s'approchait de l'entrée du port de Valparaiso au soir du 21 juillet. Mais il avait subi tellement d'avaries qu'il n'était plus en mesure de gagner le mouillage. Depuis le passage de la ligne, où avaient succombé en même temps le chirurgien et son saigneur, il avait fallu immerger soixante-dix-huit cadavres. Il y avait cent six malades à bord, la plupart moribonds à cause du manque de vivres et d'assistance. Seuls trente matelots étaient encore capables de fournir un effort, mais aucun d'eux n'avait assez de force pour gagner les côtes. L'*Oriflama* était l'image vive du *Centurion* à son arrivée à Juan Fernández trente ans plus tôt. Un caprice du hasard voulut qu'apparaisse en vue de l'infortuné navire une frégate en provenance de Cadix, le *Gallardo*, dont le capitaine n'était autre que don Juan Esteban de Ezpeleta, un ami du capitaine de l'*Oriflama*, don José Antonio de Alzaga.

« Sans soupçonner le tableau épouvantable qu'offrait le pont de l'*Oriflama*, Ezpeleta fit tirer un coup de canon afin de rectifier sa position et de se placer dans le sillage du navire. Observant que celui-ci ne répondait pas, il fit carguer les voiles pour venir à portée de voix. Mais la nuit s'installa et avec elle un calme plat qui empêcha la manœuvre d'approche.

« À l'aube du 24 janvier, les deux bâtiments se trouvaient distants de deux lieues et le *Gallardo* mit un canot à l'eau à bord duquel montèrent le second pilote et deux passagers, don Gaspar Pardo et don Diego Canoso.

« Ce n'est qu'en posant le pied sur le pont de l'*Oriflama* qu'ils découvrirent l'horreur qui régnait à bord. À la demande du capitaine Alzaga, qui les informa de son amitié avec le capitaine du *Gallardo*, ils revinrent à leur navire, où furent prises sur-le-champ des mesures pour sauver ces malheureux qui risquaient à tout instant de faire naufrage en raison du désordre complet dans lequel ils se débattaient. Au dire d'Ezpeleta, dans un rapport que nous avons sous les yeux, envoyé au gouverneur La Espada le 18 août de cette même année, il fut ordonné d'embarquer des vivres, pain, semoule, jambons, et quarante hommes en renfort. Mais au moment où ceux-ci allaient se mettre aux rames, un vent furieux (au dire du capitaine du *Gallardo* et de ses passagers) fit échouer la manœuvre. Pendant vingt-quatre heures l'alternance de calmes plats et de violentes bourrasques empêchèrent le *Gallardo* de porter secours à son compagnon éloigné de deux ou trois milles, et ce (au dire d'autres témoins) alors que des passagers et des curieux passaient d'un bord à l'autre…

« À la tombée de la nuit, les hommes du *Gallardo* virent l'*Oriflama*, entraîné par une rafale infernale, lofer vers le sud, et supposèrent qu'il partait se réfugier à Talcahuano. Jusqu'à dix heures du soir ils observèrent ses feux allumés et ne purent en savoir plus sur le sort de ces malheureux. Le lendemain, la plage de Huenchullami était jonchée de cadavres. Il n'y avait pas un seul survivant. Dans ce désastre avait également péri un des meilleurs nautoniers du Pacifique, explorateur et pilote, le Biscaïen don Manuel de Buenechea.

« En avril 1771, le capitaine don José De Gana au nom de Ustariz Frères et Compagnie, de Cadix, venait recueillir des caisses de verres que la mer avait rejetées sur la plage, seuls objets de valeur rescapés du naufrage. »

Huenchullami ou Huenchullani est un nom d'origine indienne qui peut se traduire par « homme perdu » (*huenchu* signifiant « homme » ou « fort » et *llan*, « perdu » ou « tombé ») ; mais s'agissant d'une zone proche du río Maule, je crois plutôt qu'il faut traduire par « fort tombé, ou perdu », car les Espagnols, selon Francisco Vidal Gormaz, avaient construit au XVIe siècle de nombreux forts dans la région.

Dans un vieux *Routier de la côte du Chili*, on trouve un « Faux Maule » situé à cinq milles au nord du fleuve. Il y a là une vaste étendue de sable se terminant par une véritable vallée appelée « Faux Maule » qui a induit en erreur plus d'un marin. Dominée par des roqueries et des terres d'une hauteur de quatre mètres, cette plage est un rivage dangereux où ont eu lieu de nombreux naufrages. Mouiller ici demande une connaissance précise des parages. Le routier que j'ai sous les yeux datant de 1918, il est probable qu'au XVIIIe siècle ces lieux étaient mal connus et donc dangereux.

Il n'en est pas moins difficile de croire qu'à si faible distance les hommes du *Gallardo* n'aient pas pu venir en aide à l'*Oriflama*, alors même que « des passagers et des curieux passaient d'un bord à l'autre ». Les relations entre le capitaine de l'*Oriflama* et celui du *Gallardo* ne devaient pas être aussi amicales qu'il est dit.

Parfois le doute s'installe dans la pensée et la main en profite subtilement pour étayer le soupçon. C'est ce qui m'est arrivé avec l'homme qui était gouverneur à cette époque, Antonio Martínez y La Espada, surnommé l'Hérode de Valparaiso. Selon le récit, il envoya d'importants secours que le vent empêcha d'arriver. Mais il y a un tel écart entre la date du naufrage et celle de l'envoi des secours que mes doutes persistent.

Le « Santo Domingo »
1781

« Le *Santo Domingo*, navire de commerce du Pérou, jaugeant trois cents tonneaux, sortit du port de San Carlos (aujourd'hui Ancud, à Chiloé) le 3 ou 4 mai 1781 à destination de Callao, transportant un chargement de dix-huit mille planches d'alerce et d'autres produits de l'archipel de Chiloé. Il était commandé par le marin le plus intrépide et expérimenté de cette région, don Domingo Velásquez.

« Dès sa sortie du port, en plein cœur de l'hiver, il fut assailli par des vents contraires. Le 9 juin il se trouvait à 37° de latitude, non loin des terres, quand fondit sur lui un grain d'une telle violence qu'il ne put se mettre à la cape et fut obligé de l'affronter. Il voulut se réfugier à Valdivia mais ne pouvant regagner la côte, il poursuivit sa route vers le sud et mouilla sur la côte occidentale de la Grande île de Chiloé. Là les amarres lui manquèrent et il hissa de nouveau les voiles jusqu'à l'île Quilan, où il ne put aborder tant la zone était hérissée de récifs. Il continua vers l'est avec l'intention de prendre l'embouchure du río Palena, mais se voyant menacé par les brisants, il poursuivit vers le sud, pénétrant dans le canal qui fut baptisé Refugio où il mouilla le 13 ou 14 juin.

« Effrayés par les dangers qu'ils avaient courus les hommes d'équipage mirent la chaloupe à l'eau et gagnèrent la terre ferme en emportant leurs bagages et les vivres du chargement. Ils fuyaient leur navire comme si rester à bord était dangereux. Quelques jours plus tard, le temps s'améliora et ils purent gagner Ancud en chaloupe pour rapporter ce qui s'était passé.

« Le *Santo Domingo* resta ainsi à l'ancre jusqu'au début du mois d'août où, selon certains, son câble se rompit. Livré à lui-même, le navire fut drossé sur la côte, où se brisa la membrure maîtresse par tribord. C'est dans cet état que le retrouvèrent fin septembre les marins de cinq pirogues arrivant sur les lieux du naufrage pour porter secours aux hommes d'équipage restés sur place et récupérer tout ce qui pouvait l'être. Le bateau fut donc démantelé et déchargé complètement, les mâts furent abattus et le navire incendié afin de pouvoir récupérer les fers.

« En décembre les pirogues étaient de retour, mais entre-temps des Indiens étaient allés sur les lieux du naufrage et avaient emporté aux îles Queilen et Cailin tout le bois resté sur place.

« Évoquant ce naufrage et la tempête qui l'avait provoqué, don José de Moraleda i Montero dit :

« Naviguant à l'époque entre l'île Juan Fernández et Valparaiso, j'affirme n'avoir subi ni vent ni tempête pendant seize ans. »

« Plus loin, réfléchissant sur les naufrages fréquents qui ont lieu sur les côtes chiliennes, Moraleda ajoute :

« J'ai demandé et obtenu à Lima, en 1783, le Journal de cet événement, ainsi que le rapport qui a été rédigé à Castro. De ces deux documents j'ai conclu que des nombreuses pertes de bateaux (une quarantaine) qui ont eu lieu dans ces mers où je navigue depuis deux ans, celle-ci est la seule qui pourrait faire exception parce que causée par le mauvais temps et une dangereuse côte inconnue. Mais sachant d'expérience le peu de foi qu'il faut accorder aux rapports judiciaires de la province de Chiloé, et selon le témoignage de trois marins ayant assisté aux faits et qui m'accompagnent aujourd'hui, j'en déduis que le paquebot Santo Domingo a fait naufrage, sinon volontairement du moins par ignorance, grande stupidité et surtout abandon de l'équipage. Celui-ci suivant une pratique routinière de ses compatriotes d'embarquer sur des chaloupes, abandonnant les navires échoués, ou mouillés par mauvais temps sur une côte déserte, pratique détestable, etc. […]. »

Les commentaires de José de Moraleda, explorateur et navigateur, dans son ouvrage *Explorations géographiques et hydrographiques de Chiloé*, rendent l'ignorance et la stupidité responsables du naufrage du *Santo Domingo*, outre l'abandon du navire par son équipage. Dans le même ouvrage il appuie son affirmation sur la disparition de deux bâtiments, à la même date que celle du *Santo Domingo*, ajoutant qu'ils quittent le Pérou et le Chili sans se soucier d'un chargement excessif, d'un manque de matériel et d'un commandement « inapproprié », ce qui représente un « préjudice énorme pour l'État et une offense à l'humanité ».

Le roman d'Herman Melville, *Benito Cereno*, contient des données intéressantes qui ont été négligées dans l'étude de ce genre de naufrages : le manque de provisions et d'eau et donc une accumulation de privations et de souffrances qui finit par détruire toute forme d'ordre.

Melville, grand voyageur sur des navires marchands et de guerre, décrit des situations similaires à celles de José de Moraleda, qui donnera son nom à un canal de la province d'Aysén. Dans le roman de Melville, le capitaine don Benito navigue à proximité d'un voilier commandé par un certain capitaine Delano. Ils se rencontrent et dès lors commence l'étrange et triste histoire du capitaine don Benito, dont l'esclave est un Noir, un de ces nombreux esclaves destinés au travail forcé et dont le commerce était florissant. À partir du XVIIIe siècle, les bateaux s'étaient spécialisés dans ce genre de marchandises. Et les Noirs venant du golfe de Guinée, appelée Côte des esclaves, étaient choisis pour leur résistance aux mauvais traitements et aux privations. Ils enduraient l'enfermement à fond de cale pendant d'interminables traversées jusqu'à ce que leur bateau touche le port où l'on jetait de lourdes charges sur leurs dos meurtris. À leur arrivée en Amérique, le travail de ces esclaves se transformait en véritable marchandise obéissant à la loi de l'offre et de la demande des acheteurs établis sur les nouvelles terres.

L'importation d'esclaves noirs au Chili fut relative, car les Indiens revenaient moins cher. Toutefois des études plus récentes contredisent cette affirmation en invoquant le fait que les esclaves noirs ne supportaient pas le climat et contractaient la tuberculose. Toujours est-il que l'expédition de Pedro de Valdivia, au milieu du XVIe siècle, comptait quelques Noirs. Le recensement de 1630 effectué par la municipalité de Santiago fait état de deux mille cinq cents esclaves noirs. Leur prix fluctuait entre deux cents et quatre cents pesos…

Les fantômes de la frégate l'« Essex »

1812

Les premières nouvelles de ce navire nous sont données par Herman Melville, dans ses textes sur les îles Galapagos.

« Avant de quitter Rodondo, nous ne devons pas omettre qu'en 1813 la frégate américaine l'*Essex*, capitaine David Porter, fut bien près d'y laisser ses os. Un matin que le navire encalminé se voyait poussé rapidement vers le Roc par un fort courant, il aperçut une voile étrangère qui – conformément aux sortilèges que l'on prête à ces parages – semblait ployer sous un vent violent, tandis que l'*Essex* restait sans vie, comme charmé. Toutefois, une légère brise venant à souffler, la frégate mit toutes voiles dehors pour donner la chasse à l'ennemi présumé – un baleinier anglais, croyait-on – mais si rapide était le courant que l'étranger fut bientôt entièrement hors de vue ; et à midi l'*Essex*, en dépit de ses haussières, se trouva entraîné si près des falaises fouettées d'écume de Rodondo que, pour un temps, tout le monde à bord le tint pour perdu. Une bonne brise cependant finit par le tirer de là, mais on eût pu croire au miracle tant il l'avait échappé belle.

« Sauvée ainsi de la destruction, la frégate voulut mettre son salut à profit pour anéantir l'ennemi. Reprenant la chasse dans la direction où il avait disparu, elle l'aperçut à nouveau dès le matin suivant. Se voyant découvert, il hissa les couleurs américaines et resta à distance. Un calme plat survint ; Porter toujours persuadé que l'étranger était anglais, dépêcha un cutter, non pour prendre l'ennemi à l'abordage, mais pour le forcer à rentrer ses chaloupes, alors occupées à le remorquer. Le cutter ayant rempli sa mission, d'autres cutters furent envoyés vers l'étranger qui arborait à présent les couleurs anglaises, et cette fois dans le dessein de le capturer. Mais lorsque les embarcations de la frégate se trouvèrent à faible distance de la proie convoitée, une brise nouvelle s'éleva soudain : l'étranger cingla vers l'ouest toutes voiles dehors et, avant la nuit, se trouva noyé à l'horizon aux yeux de l'*Essex* qui était demeuré tout ce temps parfaitement encalminé. [...]

« Cette campagne de l'*Essex* dans le Pacifique pendant la guerre de 1812 est peut-être la plus étrange et la plus passionnante de l'histoire de la marine américaine. Il captura des vaisseaux engagés dans les plus lointains voyages ; visita les mers et les îles les plus reculées ; croisa longtemps dans le voisinage de l'archipel enchanté ; et, pour finir, rendit l'âme vaillamment en combattant deux frégates anglaises dans le port de Valparaiso[1]. »

1. In *Benito Cereno et autres contes de la véranda*, traduit de l'anglais par Pierre Leyris, Gallimard, Paris, 1951.

Ces deux bâtiments étaient la frégate *Phoebe*, sous les ordres du commodore Hillyar, et la corvette *Cherub*. Un fait curieux concerne Hillyar, chargé par le vice-roi du Pérou d'une mission de médiation dans le combat que livrait le Chili pour son indépendance.

Le port de Valparaiso avait beau être bloqué, cela n'empêcha pas Porter et Hillyar de se rencontrer à plusieurs reprises, en particulier chez le gouverneur de La Lastra, et de se comporter en parfaits gentlemen. Pourtant lorsque l'*Essex* hissa les voiles le 28 mars, les canons des deux bâtiments anglais tirèrent sur leur ennemi qui voyait deux heures plus tard la chute de la bannière étoilée.

Après la capture de l'*Essex*, et la fuite de Porter à bord d'une chaloupe, Hillyar put remplir sa mission de plénipotentiaire et exposer au gouverneur les plans du vice-roi du Pérou, d'où étaient parties des troupes pour combattre les juntes qui s'étaient formées à Quito, dans le Haut-Pérou et au Chili en 1814.

Les plans du vice-roi furent rejetés catégoriquement. Toutefois, en raison de la situation tendue du pays, où s'affrontaient royalistes et patriotes, Hillyar put servir de médiateur et fut nommé conseiller municipal perpétuel de la ville de Santiago.

La « Rose des Andes »

1820

La mer mugissait contre les falaises de la Grotte du Pirate de Quintero, 33e parallèle, une frontière climatique selon les géographes.

Ce 27 mai 1985, vers huit heures et demie du matin, deux secousses telluriques se firent sentir. La première, relativement faible, peu inquiétante, la deuxième beaucoup plus forte qui me fit bondir de ma chaise et abandonner mon stylo.

Le soleil perça les nuages, balayant la crainte d'une nouvelle secousse, comme celle qui avait endommagé ma maison des années auparavant. Celle-ci se trouve à deux cents mètres environ de la Grotte du Pirate, ainsi nommée parce que Thomas Cavendish y combattit, en 1588, les Espagnols venus de Santiago qui se proposaient de défendre ce « littoral des naufrages ». Le pirate anglais voulait suivre l'exemple de son prédécesseur Francis Drake, mais n'atteignit pas ses ambitions.

Nos historiens appellent « la Corsaire des Andes » une corvette de la marine marchande, la *Rosa*, jaugeant quatre cents tonneaux. Elle est restée dans la mémoire des Chiliens, tout autant que ces tremblements de terre qui nous bercent comme si nous étions une pierre au fond de l'eau.

La *Rosa* emmena au Chili Lord Cochrane, comte de Dundonald, qui s'était embarqué furtivement à Boulogne pour arriver à Valparaiso fin décembre 1818.

À l'instar de William Dampier qui avait donné son nom à une île voisine du cap Horn, Cochrane sacrifiait lui aussi à la tradition de ses rives d'Écosse qu'un poète anonyme a reflété dans une phrase qui n'a jamais déserté ma vieille mémoire : « Mon cerveau, telle une éponge vide, battue des milliers d'années durant contre ces falaises. »

Les jeunes Thomas Cochrane et Thomas Graham étaient de simples midships de la *Thetis*. Ils aimaient chasser les papillons verts et blancs au bord de la mer. Ces jeux, et de nombreux autres, fournirent à Darwin un matériau sur la condition humaine, qu'il définit par cette phrase : « L'homme est quelque chose de plus que l'animal. »

Bonne ou mauvaise, je ne sais, la tradition écossaise imposait que l'aîné d'une famille fût destiné à la carrière maritime. Graham avait l'ambition de réaliser ses rêves, tout empreints d'illusions, et de voyager sous les étoiles d'autres cieux. Son dernier embarquement fut à bord de la frégate la *Doris*, en qualité de commandant, où il mourut en doublant le cap Horn, à la fin du mois d'avril 1822. Il voyageait avec sa femme, laquelle accompagna sa dépouille mortelle jusqu'à Valparaiso, où elle demeura quelque temps.

Ce préambule, pour raconter que Thomas Cochrane fit la connaissance, à Valparaiso, de la veuve de Graham et qu'ils nouèrent des liens. Ils avaient en commun la même patrie et les souvenirs qu'avaient partagés Graham et Cochrane à bord de la *Thetis*.

La *Rose des Andes* était commandée par le capitaine Illinworth. Le gouvernement chilien put faire son acquisition grâce aux crédits accordés par les généraux San Martín et O'Higgins, au début de 1819, qui s'efforçaient avec l'armée chileno-argentine de libérer définitivement leurs pays de la domination espagnole.

La *Rose* fut armée pour la course et la guerre, nous raconte Francisco Vidal Gormaz :

« Elle comptait trente-six canons et on la croyait capable d'arborer sur les eaux du Pacifique le jeune pavillon chilien. On la baptisa la *Rose des Andes* et on en confia le commandement au capitaine Illinworth, avec la mission de réveiller le patriotisme sur les côtes américaines afin de rendre possible l'indépendance. Le parrain de cette tâche ardue fut le célèbre Cochrane.

« La corvette comptait un équipage de cinq cent cinquante hommes, une moitié de marins et l'autre moitié de troupes de débarquement. Les premiers formaient une masse véritablement bigarrée, où plusieurs nationalités étaient représentées. Les officiers étaient également tous étrangers, à l'exception de don Francisco Fierro, de l'agent comptable et de son commis aux écritures. Le navire corsaire était prêt à prendre la mer le 24 avril 1819, le jour même où furent signés les accords entre les équipages et les armateurs représentés par don Guillermo Andersson et don Antonio Arcos. Selon ces accords, les prises seraient partagées par moitié entre les équipages corsaires et les armateurs, mais le capitaine Illinworth disposait de vingt parts de butin pour récompenser les plus courageux ; en revanche tout homme coupable d'indiscipline, d'ébriété ou de vol perdrait tous ses droits au bénéfice de ses camarades.

« À cette époque on avait déjà édicté le Règlement de la Course (15 novembre 1817) et le Règlement des Prises (26 janvier 1819) fixant des règles, inspirées du système anglais, à l'activité des corsaires chiliens.

« La *Rose des Andes* quitta Valparaiso les premiers jours de mai et avant la fin du mois envoyait au même port la frégate espagnole la *Vascongada*, appelée aussi *Tres Hermanos*, capturée dans les parages du port de Callao avec une cargaison d'étoffes et de montres.

« Le 24 juin, la *Rose des Andes* affrontait la frégate espagnole la *Piedad*, fortement armée, sur le parallèle de Santa Elena, côte de l'Équateur, contre laquelle elle engagea un féroce combat quasiment vergue à vergue. Au coucher du soleil, la *Rose des Andes* comptait les deux tiers de son équipage hors de combat, elle faisait eau par les brèches que les tirs de boulets avaient ouvertes sous la ligne de flottaison. Le beaupré et le timon étaient inutilisables, et les voiles en charpie. Les dégâts subis par la *Piedad* n'étaient pas moindres malgré sa puissance de feu supérieure, aussi les deux navires abandonnèrent-ils le combat à la tombée de la nuit. »

Le lendemain, la *Rose des Andes* aborda deux navires baleiniers auxquels elle retira des hommes d'équipage afin de compenser les pertes subies et se dirigea vers l'archipel des Galapagos où elle resta un mois pour effectuer des réparations et faire provision de tortues. Au mois d'août elle fit voile vers Panama. À la mi-septembre elle entrait au Puerto après avoir capturé le brigantin le *Canton* avec sa cargaison estimée à soixante mille pesos. Le 17, elle attaqua le château de Taboga et les deux brigantins qui le défendaient. S'en étant emparé elle se dirigea vers la baie de Panama. Là, fut proposé au gouverneur de la place, don Alejandro Hore, l'échange de prisonniers capturés à Taboga contre les Anglais de l'expédition de Mac-Gregor contre Portobelo, qui croupissaient dans des souterrains. Le gouverneur espagnol accepta l'échange et Illinworth sauva ainsi soixante compatriotes qui se trouvaient dans un état moribond.

À Taboga, Illinworth apprit les événements qui s'étaient déroulés sur le continent et les défaites essuyées par les Espagnols, de sorte que la *Rose des Andes* dut changer de statut : le navire corsaire devait devenir un bâtiment de guerre du Chili et obéir aux instructions politiques reçues avant son départ de Valparaiso. Illinworth fit voile vers la côte de Colombie, où il accomplit des actions audacieuses, dont celle de traverser l'isthme de Darien avec un détachement de cent hommes. Il dut pour cela prendre avec lui une grande chaloupe qu'il lança sur le río Atrato afin de couper la retraite, vers la mer des Caraïbes, à une troupe d'envahisseurs. L'entreprise fut démesurée, il navigua contre de forts courants, contraint parfois de faire haler la chaloupe, pour enfin arriver, le 4 février 1820, au terme de l'aventure. Il fut le premier homme à traverser l'isthme de cette manière. Toutefois il ne rencontra pas les troupes royalistes.

Illinworth revint vers le Pacifique avec sa colonne, retrouva fin avril la *Rose des Andes* à l'embouchure du río Mira et s'empara de toutes les possessions ennemies du littoral en une seule nuit.

Mais la *Rose des Andes* ne devait pas retourner au Chili. La corvette s'échoua par surprise à l'embouchure du río Izcuandé. Convaincu qu'il ne pourrait pas la remettre à flot, le capitaine Illinworth libéra ses hommes de leurs engagements en leur rappelant leurs devoirs envers le Chili et l'Amérique. Une partie d'entre eux rejoignit les forces de Simon Bolivar et l'autre s'embarqua pour Guayaquil où le drapeau de la jeune république venait d'être hissé.

La campagne de la corvette *Rose des Andes* fut en tous points remarquable, même si elle ne retourna pas au Chili. Elle fut en quelque sorte le précurseur, dans le Pacifique, de la liberté de trois républiques amies : la Colombie, l'Équateur et le Chili.

Illinworth fut un marin courageux et audacieux. Sa traversée du golfe de Darien avec une embarcation qui reflétait dans les eaux de l'Atrato nos couleurs naissantes, témoigne de sa trempe et de son esprit libertaire au moment où l'Amérique du Sud luttait pour s'émanciper de la tutelle coloniale. La Colombie l'honora en le nommant Amiral de l'escadre. Il mourut loin de la mer en 1853.

Thomas Cochrane, lui, s'installa dans une petite propriété que lui avait concédée le gouvernement chilien sur la péninsule de la baie de Quintero, si souvent secouée par des tremblements de terre. Il me plaît de l'imaginer là-bas en train de chasser des papillons sur la plage.

Le « Jeneral Valdès »
1823

« Un brigantin baptisé le *Puing* en provenance de Rio de Janeiro arriva à Chiloé à une date qui n'est pas précisée. Il transportait vingt-trois officiers royalistes échappés de la prison de las Bruscas, à Buenos Aires, et deux moines inquisiteurs de Lima qui avaient pris la fuite quand l'armée chilienne y entra en 1821. Ils retournaient au Pérou pour y poursuivre, au nom de la religion, leur croisade de haine contre l'indépendance américaine. Le capitaine du navire était un Anglais appelé Michel qui, se considérant lésé dans ses affaires par les gouvernements révolutionnaires, revenait dans le Pacifique avec son bateau armé de dix-huit canons pour y combattre sous la bannière espagnole. L'entreprise était financée par don Luciano Murieta, un riche commerçant espagnol d'Arequipa, très proche des chefs royalistes auxquels il servait d'agent pour leurs opérations financières. Michel comptait obtenir au Pérou une patente de course et faisait relâche à Chiloé en quête d'informations sur l'état de la guerre maritime.

« Apprenant la situation, il résolut d'abandonner son projet. Les ports du Pérou étaient bloqués à cette époque par l'escadre chilienne et il était difficile d'entrer en communication avec le vice-roi.

« Michel et ses compagnons choisirent alors d'accepter une patente de course que leur offrait Quintanilla et partirent en mer à la poursuite des navires américains. Et c'est en cette qualité qu'ils hissèrent la bannière espagnole le 23 août, après avoir baptisé le brigantin *Jeneral Valdès*, en l'honneur d'un des chefs les plus illustres de l'armée espagnole du Pérou. Bien armés et équipés, ils appareillèrent en septembre 1823.

« La bonne fortune sembla seconder l'entreprise du capitaine Michel. Ayant atteint Quilca, sur la côte du Pérou, il s'empara le 24 octobre d'une frégate marchande, le *Mackenna.* Ce navire avait quitté le port avec trois cents hommes de l'armée péruvienne, laquelle sous le commandement du général Santa Cruz, venait d'être vaincue dans les provinces du sud. Le *Jeneral Valdès* captura la frégate et ses hommes sans rencontrer de résistance. Après avoir fait transborder sur son vaisseau les chefs et officiers péruviens, le capitaine Michel fit voile vers Chiloé avec sa précieuse prise. Avant d'atteindre l'archipel, le 22 novembre, il fit une autre prise non moins importante. Il s'agissait d'une frégate génoise venant de Montevideo, chargée d'armes destinées aux indépendantistes péruviens. Mais ce jour-là, se leva une violente tempête. Les bateaux furent dispersés et le *Jeneral Valdès* sombra avec tout son équipage, ses armes, son chargement, provoquant la mort du capitaine corsaire et des officiers péruviens capturés à Quilca. Les deux autres bâtiments purent arriver à San

Carlos (Ancud) et les armes qu'ils transportaient furent précieuses pour Quintanilla qui en équipa ses soldats. En revanche, les prisonniers patriotes furent une véritable gêne pour le gouverneur de Chiloé. Ne pouvant les garder et les nourrir à San Carlos, il les dispersa parmi les familles de l'île afin de ne pas grever les maigres ressources de la province. Arriva ce qui devait arriver, ces prisonniers furent les émissaires des idées révolutionnaires parmi les pacifiques insulaires qui entendaient parler de liberté et d'indépendance pour la première fois. Convaincu de son erreur, Quintanilla les rassembla de nouveau et laissant à Chiloé ceux qui voulait embrasser la cause du Roi, il remit les autres en liberté à Valdivia. Ici, comme en d'autres occasions, le chef royaliste prouva que sa sévérité ne l'entraînait pas à commettre des actes contraires aux lois et aux sentiments d'humanité. »

J'aimerais revenir sur le personnage d'Antonio de la Quintanilla, le défenseur royaliste de Chiloé, dernier bastion de la couronne espagnole. Son geste d'accorder la liberté aux prisonniers et de ne commettre contre eux aucun acte inhumain mérite mon respect. Mais il n'en a pas toujours été ainsi et du reste le XXe siècle ne s'est pas davantage montré exemplaire en matière de droits de l'homme ou du simple droit à la vie.

On savait que Quintanilla avait recours à une troupe d'irréguliers commandés par les célèbres Benavides et Pincheira. On parle de lui comme d'un corsaire de grand caractère, disposant d'un bon armement. Cependant, les combattants pour la liberté de la Grande Île de Chiloé décidèrent d'affronter Quintanilla, dont les forces espagnoles de cavalerie et d'infanterie se replièrent dans le château d'Agüi transformé en forteresse. Capturé, Benavides, Chilien de naissance mais d'origine espagnole, fut transféré à Santiago et fusillé en 1822. Pincheira, lui, se souleva dans la province de Concepción et fit le serment, à la suite de l'exécution de son ami, de harceler le Chili par tous les moyens dont il disposait. Et d'attendre le temps qu'il faudrait pour s'asseoir sur le fauteuil présidentiel. Pincheira tint promesse et devint un caudillo qui commit les pires forfaits, entre autres la mise à sac de la ville de Mendoza en 1829 de triste mémoire.

Guillermo Miller commandait les forces opposées à Quintanilla qui allaient combattre jusqu'à libérer Chiloé de la domination étrangère. Entreprise ardue car le gouvernement chilien mobilisé par d'autres problèmes ne pouvait envoyer de renforts. Ainsi l'indépendance de Chiloé prit-elle du temps, jusqu'à ce que les conditions soient réunies pour affronter les troupes royalistes qui avaient, elles, reçu des renforts. Il y eut des escarmouches, et pendant que de petits affrontements se succédaient, avec des sacrifices inutiles, le pouvoir espagnol succombait à Ayacucho. Dès lors, les officiers de l'armée royalistes comprirent qu'ils devaient d'abord être réalistes et abandonner leurs prétentions car ils ne pouvaient plus supporter le poids de la guerre. Ce furent deux capitaines d'origine chilote qui permirent de mettre fin aux hostilités.

Le « Challenger »

1835

« Ce vaisseau de la Marine de SMB, qui avait quitté Rio de Janeiro le 2 avril 1835, affronta le mauvais temps en doublant le cap Horn.

« Entre le 18 et le 19 mai, sous des vents violents et des pluies fréquentes, des observations astronomiques furent effectuées. Le bâtiment s'approchait de la côte et naviguait à l'estime.

« Le 19, à cinq heures du matin, le *Challenger* s'apprêtait à entrer dans le port quand le capitaine Seymour ordonna de filer la ligne de sonde jusqu'à deux cent dix brasses, opération qui s'effectuait davantage par routine que par nécessité. On supposait le navire à cinquante milles de la côte et à vingt milles au sud-est de l'île Mocha. Le ciel était clair mais l'horizon obscur bien que se laissant deviner. Par moments on distinguait à cinq ou six milles un objet qui ne présentait pas une forme déterminée. L'île Mocha est formée de montagnes élevées, par temps clair on l'aperçoit à trente milles, parfois quarante ou cinquante. À l'approche de cette île, la sonde ne peut servir de guide car le fond est très irrégulier jusqu'à la côte.

« La route du *Challenger* devait passer au large de l'île Santa María, et s'approcher autant que possible de la baie de Concepción. Poussé par un vent frais d'ouest-nord-ouest le navire filait huit à neuf milles, avec pour tout gréement les huniers, tous les ris et les focs. Il navigua au N 1/4 E-N jusqu'à huit heures du soir où il aurait fallu serrer au vent jusqu'à l'aube. Mais cette mesure ne fut pas jugée nécessaire. Le capitaine Seymour proposa de changer devant au S-O jusqu'au lever du jour, mais le maître pilote fit changer d'opinion le capitaine en invoquant la perte de temps et de route. Il l'incita à mettre au nord. Vers 9 heures, le *Challenger* se replaça au nord oscillant entre ce cap et le N 5° 30' E. Allure quatre milles et même voilure. Le vent avait molli et malheureusement un épais brouillard s'abattit sur le navire.

« Le capitaine Seymour avait longuement arpenté le pont et venait de redescendre dans la cabine quand brusquement l'officier de quart, effrayé, vit l'eau changer de couleur en même temps qu'il sentait un mouvement inattendu. Immédiatement il se rua à la barre pendant qu'un midship courait prévenir le capitaine. À ce moment-là tant l'officier de quart que les vigies aperçurent les brisants. Le capitaine se précipita sur le pont et fit border la grand-voile afin de mieux gouverner le navire et l'empêcher de devenir le jouet des brisants. Mais malgré toutes ces manœuvres exécutées avec le sang-froid du capitaine Seymour, le naufrage de l'infatigable *Challenger* fut inéluctable.

« On comprend aisément l'effet moral que produisirent l'événement et les dispositions qui furent prises pour protéger les vies, car c'était là tout ce à quoi on pouvait prétendre sur ce rivage insidieux, hérissé de rochers. Le navire s'échouait, poussé par la force des brisants, les vagues éclataient presque directement sur la poupe. Un grand rocher qui se dressait à l'arrière amortissait l'élan des lames qui déferlaient affaiblies contre la coque. Malgré les violentes secousses et l'angoisse de l'équipage, le navire gardait encore tous ses mâts. Seul le maître pilote présumait se trouver sur les escarpements de l'île Santa María. L'agent comptable rangea soigneusement ses papiers dans un baril étanche et l'équipage fit de même avec ses objets de valeur.

« Quand la lune se leva, vers deux heures du matin, la terre fut en vue à la poupe à courte distance. Le rivage bas et très étendu révélait sans le moindre doute que le naufrage avait eu lieu au large du continent. La nouvelle redonna courage aux naufragés qui retrouvaient l'espoir non seulement de sauver leur vie mais d'en finir rapidement avec les souffrances qu'ils enduraient. À l'aube ils aperçurent clairement la plage, elle était de sable et très vaste, s'élevant graduellement vers l'intérieur et bordée d'un bois épais qui se prolongeait jusqu'aux montagnes. Le capitaine ordonna d'abattre le mât de misaine et de l'utiliser pour construire un radeau, tandis que le quatrième canot était mis à l'eau par la poupe et que s'y embarquait M. A. Booth, le pilote, muni d'une ligne de sonde. Après une lutte acharnée contre les éléments, il parvint à gagner le rivage. Le midship M. Gordon fut lui aussi envoyé à terre, à bord d'un autre canot manœuvré par deux rameurs, afin de haler un câble. Malheureusement le canot chavira, se retournant plusieurs fois, entraînant M. Gordon et un matelot dans la mort, l'autre se sauvant miraculeusement. M. Gordon était très apprécié de ses camarades pour son courage et son intelligence. Le matelot John Edward était un des meilleurs hommes du navire. Le courant de Humboldt longeant la côte à la vitesse de deux à trois milles par heure, il avait été impossible de leur porter secours. Chaque coup de mer rapprochait le navire de la plage, rendant moins critique la situation des hommes restés à bord.

« Le matelot qui avait réussi à se sauver atteignit la plage. À bord, le radeau était terminé. Le plus grand des canots fut mis à l'eau et arriva à terre en morceaux. C'est alors que des Indiens apparurent au loin et augmentèrent en nombre à mesure qu'ils se rapprochaient de la plage. Les hommes du *Challenger* se crurent d'abord en danger, puis furent rassurés de constater qu'au lieu de se montrer agressifs, les Indiens leur apportaient toute sorte d'aide. Ils donnaient l'exemple à ceux qui se disent civilisés et ne savent pas comment venir en aide à des naufragés. Grâce à eux l'équipage put débarquer et sauver les éléments essentiels du navire.

« Malgré tous les actes amicaux des indigènes, le capitaine Seymour conserva une attitude prudente. Il se rappelait le dicton “Ne faire jamais, au grand jamais, confiance aux Indiens”. Il fit établir un campement protégé par de véritables défenses composées des canots, des morceaux de la coque du bateau et de tous les objets et débris échoués sur la plage. Tous les articles récupérés étaient placés sous surveillance et le débarquement des provisions, des armes et des munitions dura jusqu'à la nuit du 20. Deux canots furent équipés de canons et d'armes légères pour résister à une éventuelle attaque des Indiens.

« Le 21, le lieutenant Collins et l'assistant du chirurgien, M. Lane partirent vers Concepción. À la suite de leur arrivée dans cette ville, M. Rouse gagna les lieux du naufrage avec des chevaux, des mules, des vivres et des outils, ainsi qu'avec deux tentes qui avaient appartenu au *Beagle* et que M. Rouse avait utilisées après le désastreux tremblement de terre de février.

« La conduite de M. Rouse, ayant procuré aux naufragés toute l'assistance imaginable, est digne d'éloges.

« Après avoir terminé sa mission à Concepción, le lieutenant Collins se rendit à Talcahuano pour affréter une embarcation. Malheureusement il ne trouva qu'un bateau américain, la *Carmen*, auquel il dut renoncer à cause de son prix élevé. Il retourna donc sur les lieux du naufrage.

« Pendant ce temps le capitaine Seymour et le pilote partaient en reconnaissance à l'embouchure du río Lebu, à dix-huit milles au N-N-O de la pointe de Molhuilla, où le *Challenger* s'était échoué. Le capitaine décida de déplacer le campement à proximité du Lebu en raison des facilités de communication avec la côte. Ce qui fut effectué en accord avec

M. Rouse, lequel redoutait quelque action des Indiens malgré leurs démonstrations amicales. Le 18 juin, le campement était transféré.

« Le temps passait sans espoir d'assistance. Les maladies se déclarèrent, favorisées par les écarts de température. À cela il fallut ajouter la diminution des vivres et une invasion de rats qui détruisaient tout ce qu'ils trouvaient. C'est dans cette angoissante situation que le capitaine Seymour reçut des nouvelles du commodore Mason.

« Dans la matinée du 24, le capitaine Seymour gravit la colline de Tucapel, d'où il domina l'océan et une partie de la côte, tant au nord qu'au sud. Vu d'en haut, le campement des naufragés offrait une image paisible.

« Lorsque la nouvelle du naufrage se répandit à Concepción et jusqu'à Talcahuano, elle attira une multitude de marchands et de filous qui s'empressèrent d'acheminer de l'eau-de-vie et du tabac aux naufragés en échange d'objets de valeur que ceux-ci avaient pu sauver. Les vols se multiplièrent et le capitaine Seymour infligea un châtiment corporel à un homme coupable de pillage.

« La situation devenant chaque jour plus préoccupante, Seymour envoya un nouveau message au commodore Mason lui demandant l'assistance de la goélette la *Blonde* qui croisait à cette époque dans les eaux de Talcahuano. Les messagers traversèrent les campagnes d'Arauco, où ils observèrent la vie et les coutumes des indigènes, passèrent par Lota i Coronel et franchirent le fleuve Bío Bío. De Concepción ils se rendirent à Talcahuano où ils demandèrent immédiatement à parler au commodore Mason. Lequel leur apprit que la goélette *Carmen* avait été affrétée pour porter assistance aux naufragés et qu'à son bord étaient montés M. Usborn, le second maître de la *Blonde* et trois hommes de ce bâtiment.

« Le 24 la *Carmen* quitta le port de Talcahuano par un vent frais de N-O. La *Blonde* appareilla le 27 et fit voile vers le campement des naufragés. Mais ce n'est que le 5 juillet qu'elle put reconnaître la côte à cinq milles de distance. À la hauteur du río Lebu, les chaloupes furent mises à l'eau, apportant argent et pain au campement. La situation de l'équipage du *Challenger* restait inchangée à l'exception d'un midship et d'un aide-chirurgien qui se trouvaient dans un état grave.

« La *Blonde* avait mis à l'ancre à neuf heures du matin, à un mille de la colline de Tucapel. Le campement fut levé et les naufragés embarquèrent avec le peu d'articles qu'ils avaient pu sauver. À cinq heures du soir le capitaine Seymour montait à bord avec les derniers hommes et à huit heures la *Blonde* hissait les voiles par un vent frais et favorable.

« Avant de monter à bord de la *Blonde*, M. Rouse chargea ses serviteurs de ramener par voie de terre les chevaux et les mules avec lesquels il avait porté assistance aux naufragés.

« La *Blonde* navigua sans incident toute la journée du 6. Le 7 elle était en vue de la péninsule de Tumbes ainsi que de la *Carmen* qui présentait des avaries à sa mâture, et qu'il fallut prendre en remorque. La goélette avait affronté un gros temps, expliquant son arrivée tardive à Lebu, alors que la

Blonde avait déjà recueilli les naufragés. Celle-ci mouilla dans la nuit à Talcahuano avec la *Carmen* en remorque. »

Quelle fut la cause de la perte du *Challenger* ? Impossible de répondre avec certitude. L'erreur d'estime atteignit les quarante milles. Voici l'explication du capitaine Fitz-Roy :

« Tout ce que je peux répondre de satisfaisant, c'est que pendant que soufflait un vent de N-O, grossissait un courant au S-E, impossible à prendre en compte car il était inconnu et que le mouvement général du courant de Humboldt est vers le nord, sauf près de la côte où il peut se modifier pour diverses raisons : des vents variables, des saisons anormales qui font varier la pression atmosphérique et enfin le grand phénomène des tremblements de terre qui modifient le niveau des eaux sur le littoral. »

Parmi mes notes intercalées dans le livre de Vidal Gormaz, je retranscris l'observation suivante :

« Île Mocha. Il semble que Herman Melville ait connu cette île lors de son voyage en tant que simple matelot, entre 1843 et 1844, à bord de la frégate *United States*, qui doubla le cap Horn. Nul doute que Melville, connaissant bien la mer et de nombreuses histoires, n'ignorait pas les phénomènes qu'avait eus à subir cette région lors du tremblement de terre du 20 février 1835, selon Darwin le plus violent qui de mémoire d'homme se soit produit ici. L'île s'était soulevée de deux mètres.

« Mocha fait sept milles de long du N-O au S-O et approche les quatre milles dans sa plus grande largeur. Elle est séparée de la côte par un canal de quinze milles. Cette île est située dans la VIIIe région du pays – province du Bío Bío – dont la capitale est Concepción. Aux XVIIe et XVIIIe siècle, sa population indigène atteignait à peine six cents personnes. Le principal moyen de transport est constitué par des canots légers qui font la navette jusqu'à Arauco. Ces embarcations leur permettent de transporter des vivres et même de déménager en emportant leurs habitations. »

Je ne peux m'empêcher d'ajouter une pensée qui m'a traversé l'esprit à propos de Melville et de son *Moby Dick*. Le capitaine Achab a une jambe en moins et il se pourrait que Melville ait créé son personnage lors de son passage à l'île Mocha en apprenant que « mocha » signifie « manquer de quelque chose » et viendrait du latin « mutilus ». Mais peut-être n'est-ce là que le fruit de mon imagination et de ma fantaisie.

M. Rouse, le personnage qui vint en aide au capitaine Seymour était le consul des États-Unis à Concepción, qui avait accueilli Fitz-Roy et Charles Darwin arrivés à bord du *Beagle*. Selon Darwin, la première secousse du tremblement de terre fut d'une extraordinaire soudaineté et dura deux minutes à Valdivia. Le vent fit ployer les arbres et les gens pris de panique se précipitèrent dans les rues. Quelques jours plus tard, le 4 mars, à Concepción ils purent observer les ravages que le séisme avait provoqués en ville et dans toute la région. Les villes transformées en champs de ruines offraient un spectacle terrible. Par chance, le tremblement de terre avait eu lieu à la mi-journée ne causant qu'une centaine de victimes, alors que des milliers d'habitants auraient péri s'il s'était produit dans la nuit. À Talcahuano une vague immense déferla sur le port ne laissant, en se retirant, qu'un amas confus de ruines, de tuiles, de briques, de meubles et de cadavres d'animaux.

Fitz-Roy n'a donc pas tort lorsqu'il attribue le naufrage du *Challenger* aux vents variables, au changement de la pression atmosphérique et aux tremblements de terre qui en modifiant le niveau des côtes, modifient du même coup les courants marins.

En 1960, le grand tremblement de terre dans le sud, suivi d'un raz-de-marée, fit monter le niveau des eaux d'un mètre à Chiloé et causa de nombreuses victimes.

L'« Orientale »

1840

Vidal Gormaz cite l'historien Diego Barros Arana, lequel transcrit un document de la *Revue d'Amérique du Sud* du professeur Vendel-Heyl.

« Des pères de famille de France et de Belgique avaient organisé pour leurs enfants un voyage studieux autour du monde. À cette fin ils armèrent à Nantes une superbe corvette baptisée l'*Orientale*. Son commandement fut confié au capitaine A. Lucas et elle fut armée de dix canons, dotée d'une bibliothèque et d'instruments en tout genre, et enfin des professeurs furent recrutés pour que le voyage fût instructif et mis à profit par les élèves.

« Comme on peut le supposer, tous les jeunes gens n'avaient pas, loin de là, un goût très affirmé pour les études : certains étaient des adolescents dissipés dont les parents se proposaient, en les embarquant sur l'*Orientale*, de corriger leurs légèretés et faiblesses de caractère plutôt que de nourrir leur esprit d'une solide instruction.

« En avril 1839 le voyage de la corvette étant acquis, son capitaine A. Lucas et le professeur

Vendel-Heyl, qui devaient diriger cette école flottante, s'adressèrent à la Société de Géographie de Paris lui demandant des directives pour effectuer des études géographiques, ethnologiques et météorologiques. Mais l'*Orientale* ne put quitter le port de Nantes qu'au mois d'octobre.

« Les six premiers mois du voyage furent paisibles, ils firent escale à Bahía, Río de Janeiro et Montevideo, où ils restèrent quelques semaines. En mars 1840 ils s'engagèrent dans le détroit de Magellan et débarquèrent à plusieurs reprises pour étudier les coutumes des naturels. Au mois d'avril l'*Orientale* entrait dans le port de Talcahuano et mouillait le 18 mai dans la rade de Valparaiso.

« *El Mercurio* de Valparaiso publia d'intéressants fragments du Journal tenu par le capitaine Lucas et le professeur Vendel-Heyl, les seuls que l'on ait conservés relatifs aux études menées à bord de l'*Orientale*.

« Après vingt-cinq jours d'escale à Valparaiso, durant lesquels aucun des professeurs ne manifesta le désir de connaître Santiago, capitale de la jeune République du Chili, la corvette quitta Valparaiso à la mi-journée du 13 juin et fit voile vers la rade d'Arica et d'autres ports du Pérou avant de traverser le Pacifique vers l'Asie comme cela était prévu. De nombreuses embarcations légères, chargées d'amis venant faire leurs adieux aux voyageurs, accompagnèrent l'*Orientale* jusqu'à deux heures de l'après-midi, où la corvette se trouva immobilisée par un calme plat. Peu après elle fut poussée au N-E par un courant qui la fit s'échouer sur le roc du Buey, où sa coque fut éventrée et l'*Orientale* sombra.

« Commencèrent alors les opérations de sauvetage des jeunes étudiants et du matériel du navire, avec l'aide opportune des embarcations légères qui l'avaient suivi et des bateaux mouillés au port. Selon les chroniques de l'époque, les marins de la frégate anglaise *Calliope*, qui se trouvait près du lieu du naufrage, se distinguèrent par leur efficacité.

« La nuit et la journée du lendemain furent consacrées au sauvetage de l'équipage et de la bibliothèque qui comptait des ouvrages de valeur.

« Un ordre remarquable prévalut dans ce lieu de désolation, grâce à un piquet de soldats envoyés par le gouverneur, don Juan Melgarejo, pour surveiller les objets sauvés du naufrage. Tout le monde s'efforçait d'arracher aux vagues les fruits des études des élèves, ainsi que les instruments de bord et les bagages.

« Le 27 juin, *El Mercurio* publia un long communiqué du commandant de l'*Orientale*, A. Lucas, sur les circonstances du naufrage :

« Le pilote et moi étions parfaitement d'accord sur la manœuvre destinée à assurer notre route, après que nous eûmes vérifié les dangers apparents que nous pouvions éviter. À un moment, le pilote a dit : "Tous les dangers sont côté sous le vent et nous n'avons pas de hauts-fonds par-devant, nous sommes en sécurité." Mais il n'avait fini de parler qu'une forte secousse et des coups répétés se firent sentir. Des voix ont crié : "Il faut mouiller ! – Non ! ai-je répliqué, je ne veux pas !" Nul n'ayant demandé la

raison de mon refus, je vais maintenant m'en expliquer. En moins d'une minute, le navire fut ébranlé par cinq ou six violentes secousses. Pour tout marin, il était clair que le bateau allait rapidement sombrer, aussi avons-nous été surpris de sa résistance. Qu'aurions-nous donc gagné à mouiller dans cette position ? Rien, tout au contraire, et je vais le prouver : mouiller à cet endroit signifiait maintenir le bateau éloigné de la côte. Mais cela pouvait être une folie, car s'il avait coulé à pic entre deux rochers, tout était perdu, gens et bateau, tandis qu'en laissant le navire rebondir d'un rocher à l'autre, non seulement nous nous rapprochions de la terre, facilitant ainsi les opérations de sauvetage, mais j'étais certain qu'il ne s'arrêterait que là où il n'y aurait plus beaucoup d'eau, au lieu de risquer, à cause des ancres, de couler dans un gouffre. Après la première secousse, je n'ai considéré que le sauvetage de tout ce qu'il était possible de sauver et j'ai manœuvré en conséquence. Et en effet, dès que nous avons été proches du rivage et que le bateau s'est couché sur le flanc, j'ai ordonné de couper les haubans et d'abattre les mâts pour soulager la coque.

« Le commandant de l'*Orientale* termine son communiqué en expliquant son sentiment de souffrance devant ce naufrage qui interrompt le projet éducatif qu'il avait conçu pour ces jeunes.

« Finalement il remercie, au nom de tous les passagers, chacun des officiers et matelots du vaisseau anglais, le pilote de la frégate *Avenir* et son équipage, les capitaines français Amanieu, Dampis, Allard, Frederick et Laland. »

L'histoire ne s'arrête pas là. La plupart des voyageurs de l'*Orientale* n'avaient qu'une idée en tête : rentrer chez eux le plus vite possible. Ils firent donc appel au consul de France, M. A. Huet, pour qu'il les aide à résoudre ce problème, car ils se trouvaient sans ressources.

Si la plupart rentrèrent en Europe, quelques-uns préférèrent rester à Valparaiso, dont le professeur Louis-Antoine Vendel-Heyl et son fils Émile, ainsi qu'Étienne-Marie König, un excellent dessinateur.

Vendel-Heyl, républicain convaincu, s'installe à Santiago, devient professeur de philosophie dans notre université, puis professeur de littérature et de grec. Plus tard, son fils Émile sera nommé professeur de latin à l'Institut National. Quant à Étienne König, il s'installe à Ancud et fonde la première école nautique de Chiloé, en 1844, peut-être la première du Chili.

Je voudrais rappeler ici que le Chili traverse alors une période connue comme le « Mouvement littéraire de 1842 », dont la figure proue est Andrés Bello. Ceux qui comme moi portent le poids de l'histoire et des années ne peuvent oublier *La prière pour tous*, traduite, ou plutôt inspirée d'un poème des *Feuilles d'Automne* de Victor Hugo. Les critiques affirment que les vers d'Andrés Bello dépassent par leur simplicité expressive et leur délicatesse ceux qui les ont inspirés. C'est également dans cette période que s'élabore la réforme éducative avec laquelle Ignacio Domeyko, installé au Chili, obtient de grands succès en intégrant à l'enseignement secondaire l'histoire, la physique et les mathématiques, réforme soutenue par tous les grands intellectuels de l'époque, y compris Andrés Bello. Un autre événement important est la création, en 1842, de l'École Normale de Santiago dont le premier directeur est un exilé argentin, Domingo Faustino Sarmiento, auteur du célèbre *Facundo*. Cette école qui fit tant pour le prestige du Chili en formant de brillants professeurs de toute l'Amérique latine, notamment Gabriela Mistral, prix Nobel de littérature en 1945, fut fermée après le coup d'État militaire de Pinochet en 1973.

Pour conclure l'histoire de l'*Orientale*, je voudrais citer la lettre qu'un certain don Hernán Navarrete Rojas envoya au journal *La Epoca*, en 1997 :

« Monsieur le directeur,

« On peut qualifier d'intéressante la manière dont l'invention de la photographie arriva à Valparaiso.

« Le 28 mai 1840 arriva en rade de Valparaiso la corvette l'*Orientale* transportant un groupe de Français et de Belges qui avaient fait de leur navire une école flottante.

« Le gouverneur Melgarejo alla saluer les professeurs, parmi lesquels se trouvait Luis A. Vendel-Heyl, qui s'installa au Chili.

« Peu après l'arrivée de ce navire-école fut publié l'avis suivant : "M. Souvage, artiste affecté à la corvette française l'*Orientale* pour étudier, à l'aide de ses instruments, la physionomie des peuples que visite cette expédition dans son voyage autour du monde, a l'honneur d'informer les habitants de cette ville qu'il exécutera pendant son séjour à Valparaiso les portraits de toutes les personnes qui voudront profiter de cette opportunité, comme en ont profité, au Brésil, la famille impériale et d'autres." L'instrument qu'il utilise, appelé physionotype, a l'avantage de recevoir en moins de cinq secondes l'image véritable du visage et de la reproduire en plâtre avec une ressemblance parfaite, sans causer la moindre incommodité pendant l'opération. L'artiste garantit la ressemblance. Chacun est libre ensuite d'accepter le portrait ou de le refuser s'il n'en est pas satisfait. M. Souvage vit dans la rue San Francisco, chez monsieur Manuel Blanco. »

Don Hernán Navarrete Rojas ne nous dit pas si l'entreprise de M. Souvage eut du succès…

Le « Joven Daniel »

1849

« Ce brigantin chilien jaugeant cent quatre-vingts tonneaux, inscrit à Valparaiso et commandé par le capitaine Rivas fut envoyé, chargé de marchandises, au port de Corral par son propriétaire don Ramón A. Díaz, le 23 juillet 1849. À bord se trouvaient également des passagers : don Ramón Bañados et son épouse doña Elisa Bravo et un nourrisson, une nourrice et une dame âgée.

« Probablement bousculé par un coup de vent violent, propre à la saison, le *Joven Daniel* perdit sa route et s'échoua sur la côte d'Arauco, face aux hauteurs de Puancho, dans la nuit du 31 juillet au 1er août 1849. Le brigantin se disloqua et dans le naufrage périrent noyés marins et passagers, dans cette région par ailleurs inhospitalière et n'offrant pas le moindre abri.

« Le porteur de courrier par voie de terre, qui avait quitté Valparaiso pour Concepción, à la fin du mois de juillet, passa le lendemain, 2 août, par le lieu du naufrage et ramassa sur la plage des papiers rejetés par la mer, grâce auxquels il apprit le jour du départ du brigantin. À son retour à Valdivia il affirma que les Indiens avaient volé tout ce que la mer avait ramené sur le rivage. (Information parue dans *El Mercurio* de Valparaiso, le 1er octobre 1849).

« Le naufrage du *Joven Daniel* aurait été aussi banal que tant d'autres si des Indiens du littoral araucan, en conflit avec le cacique Curiñanco, de la réduction[1] de Puancho, n'avaient fait courir la rumeur que les naufragés avaient pu se sauver, mais que les gens de Curiñanco les avaient tous traîtreusement assassinés, à l'exception d'Elisa Bravo. Ce crime si atroce dénoncé par les Indiens de la réduction de Toltén, alerta les autorités qui envoyèrent des troupes, lesquelles se livrèrent à une véritable battue contre les Indiens de Puancho.

« Le gouverneur militaire de Valdivia envoya des officiers enquêter sur les événements et prendre les dépositions de ceux qui avaient dénoncé le crime, pour finir par apprendre, après mille détours, qu'il n'y avait pas eu de crime et que les naufragés avaient péri sous les coups du mauvais temps et de la violence de la mer.

« Toutefois, le cas d'Elisa Bravo, fille de Valdivia et l'une des plus belles fleurs des rives du Calle-Calle, suscita un vif intérêt, chacun voulant la retrouver et l'arracher des mains des Indiens qui étaient supposés la retenir captive. Mais ce fut en vain. Il ne reste de cette affaire que de nombreuses et fantastiques légendes, des tableaux tout aussi fantastiques comme celui du célèbre Monvoisin, et l'intéressante recherche de don Benjamin Vicuña

1. Les « réductions » étaient des réserves d'Indiens convertis au christianisme.

Mackenna que l'on peut lire dans le tome I de la *Revista de Artes i Letras* de Santiago :

"Elisa Bravo, jeune mariée de l'Île-de-France, mourut chaste dans les rochers escarpés de Puancho, et pour nous il y a une phrase dans la déposition de l'Indien Parma qui est la clé du mystère, la lumière dans l'antre, le voile levé sur l'incertitude, une phrase prononcée lorsqu'il raconta au capitaine Sayago, commissaire de Valdivia, qu'il avait aidé à enterrer *une demoiselle avec deux autres femmes qui paraissaient être ses servantes et un petit enfant* dans une crevasse qu'ils avaient recouvert de sable et de trois pierres de *cancagua*[1]."

« Cette demoiselle était Elisa Bravo. Les deux femmes une dame de compagnie et la nourrice, et le petit cadavre celui de l'enfant d'Elisa. De sorte qu'il ne reste de cette malheureuse sur la face de la terre que ces trois pierres friables qu'un barbare compatissant posa sur sa tombe. »

Dans *El Mercurio* de Valparaiso, du 27 août 1849, on peut lire cette note laconique : « Le vapeur britannique *Unicorn*, arrivé ce matin, annonce qu'un bateau naufragé a été aperçu sur la côte araucane, entre le río Toltén et l'Imperial, et que des cadavres ont été vus, parmi lesquels des femmes. On ignore le nom de ce navire, mais on pense qu'il s'agit du *Joven Daniel.* »

1. Sable utilisé comme ciment dans les constructions. Mot d'origine mapuche.

L'Araucanie était la région comprise entre le Bío Bío et l'Imperial. Pendant ces années-là, les Araucans avaient prêté main-forte aux royalistes avec lesquels ils avaient commis de nombreux pillages dans les villes et les campagnes frontalières. Le gouvernement de l'époque avait voulu occuper cette zone, mais l'agitation politique l'en avait empêché. Plus tard, les Araucans furent dépossédés de leurs terres par la force et l'argent de la classe dominante, et privés de toute possibilité légale de se défendre. Aussi, affirme l'historien Jaime Eyzaguirre, « n'est-il pas étonnant que l'on ait cherché à rendre les Indiens responsables de la mort des naufragés du *Joven Daniel* ».

En ces premiers jours de l'année 2001, les Indiens Mapuches exigent qu'on reconnaisse leurs droits sur les terres dont ils ont été dépouillés. Le nouveau gouvernement a créé une commission de « dialogue » pour résoudre ce sérieux problème, aggravé par l'occupation des terres qu'ils revendiquent, où se sont installées des industries du bois et une centrale hydroélectrique qui provoquent de considérables dégâts écologiques.

Ainsi, des récits fantaisistes et un peintre de renom comme Monvoisin, ayant exécuté deux beaux « portraits » post mortem d'Elisa Bravo, conservés au musée de Talca, nous ramènent aux luttes des populations indiennes, d'hier et d'aujourd'hui.

L'« Isabela »
1850

« Cette frégate baleinière des États-Unis d'Amérique fit naufrage le 13 janvier 1850 à 5 h 30 de l'après-midi sur la côte occidentale de la Grande Île de Chiloé, un peu au nord de Cucao, probablement à Quiútil.

« Des enquêtes officielles effectuées pour venir en aide aux naufragés et éclaircir les circonstances de la catastrophe, il ressort que le capitaine John Braiton, après avoir sauvé son équipage en le faisant embarquer sur cinq chaloupes, descendit dans la cabine à la recherche de ses papiers et autres objets et qu'en voulant remonter sur le pont il reçut un coup sur la tête dont il mourut.

« L'*Isabela* abandonnée se dégagea de son échouage, ce qui incita l'équipage à revenir à bord dans l'espoir de la sauver, mais le bateau s'échoua de nouveau et il fallut l'abandonner définitivement, après avoir constaté la cause probable de la mort du capitaine. Les hommes immergèrent sa dépouille et s'éloignèrent du trois-mâts au vaste pont et à la fière proue grise. La sépulture donnée au capitaine paraît étrange alors que les naufragés purent gagner le rivage sans grandes difficultés et s'éloigner du lieu du naufrage sans laisser un témoignage sur le coup reçu et la cause de la mort.

« Le 9 février arriva en baie d'Ancud une des chaloupes avec cinq marins, un pilote et l'épouse du capitaine Braiton. Les autorités de Chiloé se mobilisèrent alors pour secourir les autres naufragés et envoyèrent sur les lieux de la catastrophe toutes les embarcations et les recours dont ils pouvaient disposer.

« Une des embarcations partie d'Ancud retrouva un pilote et trois matelots dans un état lamentable, réfugiés dans la crique Quetec (Quiútil), où ils auraient péri sans les secours qui arrivaient à point nommé. Une des chaloupes sur laquelle ils étaient en surnombre les avait débarqués là, leurs vivres étaient épuisés et ils ne pouvaient plus compter que sur des morceaux du cadavre d'un cheval qu'ils avaient réussi à tuer par le plus grand des hasards. Les huit autres passagers de la chaloupe ne furent jamais retrouvés malgré d'actives recherches. »

La crique Quiútil – Quetec sur les cartes anciennes – fut localisée en 1897 et on peut dire aujourd'hui encore qu'elle n'est pas facile à trouver bien qu'on la sache reliée aux eaux profondes et douces des lacs de Cucao et de Huillinco. Ces deux lacs se trouvent sur la côte ouest, très accidentée, de l'île de Chiloé. Philippe Grenier, chercheur à l'université de Grenoble, écrivit en juin 1986 sur un de mes routiers les mots suivants : « Lacs creusés par les glaciers du quaternaire et envahis par la mer au moment de leur fonte. Pendant l'avance glaciaire, le niveau de la mer était plus bas d'environ cinquante ou cent mètres. » Le lieu possède encore une flore magnifique et des arbres millénaires préservés par un Parc National gardien de siècles d'histoire.

Les gens de Cucao cherchent encore de l'or sur cette côte battue par les tempêtes. Et cet or tient à une légende transcrite dans un dictionnaire étymologique de Chiloé, de mon ami le professeur Nicasio Tangol. Cette légende est celle de la *Curamilla* : « Au sud du petit village de Cucao, s'étend une lagune d'où naît une rivière qui conduisait autrefois à une caverne. C'était une grande salle rocheuse où habitait une belle jeune fille. Elle se baignait souvent dans la lagune et quand elle était lasse de nager elle émettait un sifflement aigu et prolongé. Aussitôt surgissait du fond des eaux un gigantesque rocher d'or massif sur lequel elle grimpait. Et elle y séchait son corps sous les rayons du soleil. Ce rocher, qui avait la forme d'un cône tronqué, était appelé *Curamilla* (*cura* signifiant « pierre » et *milla*, « or »).

La légende raconte qu'un étranger arrivé sur la rive du lac enleva la jeune fille, mais laissa échapper la *Curamilla*, qui retourna au fond de l'eau et donne de temps à autre aux gens de Cucao des pépites d'or, qui sont les bienvenues. » Et le Chilote que je suis se demande si cet étranger n'est pas un des marins de la chaloupe de l'*Isabela*…

Le « Chile » et le « Perú »
1851

« Ces deux vapeurs britanniques jumeaux, à roue, à la coque en bois doublée de cuivre, équipés d'un gréement de brigantin, mesuraient 54,84 mètres de long, 9,14 mètres de large, 4,57 mètres de creux, et jaugeaient chacun quatre cent trente-sept tonneaux. Construits à Bristol, ils étaient destinés à naviguer dans les eaux du Pacifique, sous la dénomination de *Pacific Steam Navigation Company*. Ils disposaient de cabines pour les passagers de 1re classe et pouvaient accueillir des passagers de pont.

« M. William Wheelwright, promoteur de l'entreprise, fut nommé à Londres surintendant de la compagnie et partit avec le *Chile* et le *Perú* vers les côtes du Pacifique. Ils embouquèrent le détroit de Magellan au début du mois d'octobre 1840, fait notable dans les annales de la navigation à cette époque.

« Les vapeurs arrivèrent à Valparaiso le 15 du même mois et le lendemain, le journal *El Mercurio* publiait le compte rendu suivant :

« Hier, à trois heures de l'après-midi, une salve d'artillerie tirée par des navires mouillés dans la

rade, annonçait l'arrivée des vapeurs Chile *et* Perú, *venus d'Angleterre pour entrer en service dans le Pacifique.*

« Ils ont reçu un accueil digne de leur mission : les fanfares militaires de la ville embarquées sur des lanches sont allées à leur rencontre escortées par une multitude de chaloupes des bateaux de guerre de diverses nationalités mouillés dans le port. Assistaient à l'événement une foule de curieux qui, au mépris du vent, voulaient voir de près la force expansive de ce puissant agent capable, sans le secours des voiles et des rames, de déplacer d'aussi énormes masses. Après avoir traversé la rade en long et en large, et reçu les salutations de la foule attirée par ce nouveau spectacle, les vapeurs ont mouillé, l'un près du quai, l'autre en face de la Cruz de Reyes ».

« L'arrivée du *Chile* et du *Perú* modifia radicalement le trafic maritime entre Valparaiso, Callao et les ports intermédiaires, par l'établissement de liaisons à peu près régulières sur une route parcourue jusque-là par des voiliers exposés aux calmes plats, aux courants et à la volubilité des vents. Pourtant, les vapeurs se retrouvèrent très vite immobilisés. Les réserves de charbon de terre anglais, servant de combustible, étant épuisées, il fallut chercher au Chili des filons exploitables, car importer du charbon anglais revenait trop cher.

« M. Wheelwright n'en fut pas pour autant découragé : il savait que dans le sud du Chili il y avait des filons de charbon de terre, négligés par le savant géologue Darwin, et se rendit à Talcahuano, d'où il écrivit, le 20 octobre 1841 :

« Le manque de charbon fut le premier obstacle que rencontra notre entreprise à l'arrivée de nos bâtiments dans le Pacifique. Après de brillants débuts, je fus peiné de voir ces beaux navires à l'ancre pendant près de trois mois. Je partis immédiatement au sud du pays où, après trois mois de labeur, j'eus la chance d'obtenir un bon charbon à un prix très bas. Les mines n'avaient jamais été exploitées et le peu de charbon qui en avait été extrait était de surface et de mauvaise qualité... Je ne doute pas un instant que nous en trouverons d'aussi bonne qualité que celui d'Angleterre. Le sud du Chili recèle du charbon en quantité illimitée. »

« Le même Wheelwright, dans une communication adressée de Talcahuano à l'Institut National de Washington, le 11 septembre 1843, écrivait :

« En accomplissant mes tâches de surintendant de la Compagnie de Navigation à Vapeur du Pacifique, j'ai été conduit à exploiter des mines de la région, depuis dix-huit mois, dans le but d'obtenir du charbon destiné aux vapeurs. J'ai choisi à cet effet les hauteurs de Talcahuano qui me paraissaient les plus appropriées. Le charbon a été utilisé avec succès à bord de nos vapeurs pendant les dix-huit derniers mois, où quatre mille tonnes ont été extraites. Ce charbon n'est pas aussi résistant que

le charbon anglais. Il brûle vite, produit beaucoup de scories, est moins dense et n'adhère pas aux barres. »

« L'inlassable activité de Wheelwright fit démarrer l'industrie du charbon de terre et ouvrit de nouveaux horizons à l'activité commerciale de notre pays.

« Les vapeurs le *Chile* et le *Perú* continuèrent à naviguer le long de la côte ouest avec des fortunes diverses.

« En juin 1851, le *Perú* fut jeté sur la côte, en rade de Valparaiso, par un vent violent, et ne put reprendre la mer. Il s'échoua derrière la caserne de gendarmerie et le Théâtre de la Victoria. Deux hommes perdirent la vie dans le naufrage.

« Relégué à la condition de ponton, le *Chile* fut coulé dans l'estuaire de Guayaquil en 1865 pour, dit-on, empêcher l'escadre espagnole de remonter jusqu'à la ville. Ces données nous ont été fournies par don Juan Becker, un ancien employé de la Pacific Steam Navigation Company.

« Une violente tempête fut annoncée à Valparaiso le 7 juillet 1851. Le lendemain, de grosses vagues déferlaient dans la rade, provoquant avaries et naufrages.

« La même année, le navire français la *Garonne* rentrait en Europe avec son chargement et fit naufrage dans la baie Solano, dans le détroit de Magellan. Aucune publication de l'époque ne fit la lumière sur les circonstances du naufrage.

« Après les terribles événements dont il avait été le protagoniste, Miguel José Cambiaso, chef de la garnison de la colonie chilienne de Punta Arenas, s'embarqua sur le brigantin *Elisa Cornish*, fit voile vers la baie Solano et pilla l'épave de la *Garonne*, qui transportait de l'alcool et des marchandises. Leur forfait accompli, Cambiaso et ses hommes tentèrent de fuir vers l'Atlantique, mais leur brigantin fut capturé et Cambiaso livré aux autorités du port d'Ancud. Il fut condamné à mort par un Conseil de guerre, à Valparaiso. »

L'histoire de Miguel José Cambiaso, né en 1822 et exécuté le 4 juillet 1852, à l'âge de trente ans, après avoir commis de nombreux méfaits, a été racontée par des chroniqueurs de l'époque.

À dix-huit ans, grâce à l'appui d'un prêtre, il intègre en qualité de soldat le Régiment d'Artillerie de Ligne, en garnison à Santiago. Disposant de bonnes relations, à l'intérieur comme à l'extérieur de l'armée, il complète son instruction en suivant des cours de chimie avec l'éminent professeur polonais Ignacio Domeyko, ce qui lui vaut déjà un grand prestige. Nommé sergent-fourrier, il est transféré à Ancud à la demande du capitaine Agustín Navarrete qui commande la garnison de la Compagnie d'artilleurs de ce port de Chiloé. On ne trouve rien de notable dans ses états de service, si ce n'est qu'il s'est marié avec une jeune femme de dix-sept ans. Don Benjamín Vicuña Mackenna qui avait entrepris des recherches sur ses antécédents découvre qu'il maltraitait sa femme et attribue à celle-ci, selon lui « femme de mauvaise vie », la responsabilité de ses actes barbares. À la suite de quoi il reçoit une avalanche de témoignages de notables d'Ancud qui contestent catégoriquement sa version des faits. Convaincu de son erreur, Vicuña Mackenna la rectifie dans un article publié dans un journal sous le titre : « La jeunesse et l'évolution de Cambiaso ».

Toutefois, certains faits permettent de mieux comprendre le personnage. Dans les années 1850 et 1851, le pays traversait une situation troublée par des insurrections locales, notamment à Serena et à Concepción. L'événement le plus sérieux est la « mutinerie » de Cambiaso dans le détroit de Magellan. Le Chili se préparait alors à l'élection d'un président. Ce fin fond du territoire était surtout une colonie pénitentiaire peuplée de prisonniers de droit commun et d'individus condamnés à la relégation pour avoir participé aux révoltes de Serena et de Concepción. La prison comptait environ trois cents détenus et hors des murs vivaient les familles des soldats de la garnison de Magallanes, ainsi que des colons qui s'étaient installés. Il y avait enfin les marins de passage dont les bateaux faisaient escale. La garnison n'étant jamais relevée, les soldats considéraient leur sort comme une punition. José Cambiaso était le lieutenant de la compagnie. Les chroniqueurs parlent des « instincts pervers » de cet individu qui peu après son arrivée devient le corrupteur de la garnison et trouve rapidement des complices parmi les soldats pour éliminer le gouverneur et prendre sa place. Responsable de l'approvisionnement de la prison et de la colonie, il détourne à son profit, et à celui de ses complices, les alcools et les meilleurs produits.

Très vite il s'impose comme l'homme fort et se débarrasse du gouverneur Muñoz Gamero, qu'il fait fusiller en décembre 1851, après que celui-ci eut tenté de fuir en compagnie du prêtre franciscain Gregorio Acuña. Possédant tous les pouvoirs, il entreprend de transformer la colonie en une vaste garnison. Il nomme de hauts responsables et impose de lourdes peines à ceux qui s'écartent un tant soit peu du code militaire. Exécutions, meurtres, châtiments cruels, tel fut le lot de celui que le chroniqueur Braun Ménendez appellera « le dernier pirate du Détroit ».

Je ne peux m'empêcher de penser que plus d'un siècle après les mêmes horreurs se répéteront à l'échelle du pays tout entier, perpétrées par un autre militaire appelé Augusto Pinochet.

Le « Manchester »
1854

« Le 7 avril 1854 appareilla de New York, à destination de Valparaiso, la frégate nord-américaine *Manchester*, propriété de M. Edward W. Gadner, de Nantucket, chargée de charbon et de bois par la maison de commerce de M. M. Cattwight & Harrison, avec deux passagers et quatorze hommes d'équipage aux ordres du capitaine Alexander H. Coffin.

« À cause d'une voie d'eau qui s'était déclarée dans la carène, le navire arriva à Montevideo en mauvais état. Un matelot, José Green, était mort en cours de route victime d'une infection banale. Après une remise en état sommaire et le recrutement de quatre hommes pour renforcer l'équipage, le *Manchester* quitta Montevideo le 28 du même mois.

« Il dut tenir la cape pendant cinq jours de tempête dans les parages du cap Horn et il est probable que le calcul de l'estime ait souffert d'une erreur considérable que le mauvais temps ne permit pas de corriger. Le 28 août, à l'ouest du Cap, le *Manchester* heurta un rocher à 10 heures du matin.

« Le navire commença à faire eau en abondance en pleine tempête, il perdit ses quatre chaloupes emportées par les lames, et les pompes obstruées par le charbon de la cargaison furent impossibles à réparer. Un conseil des officiers réuni à la hâte décida d'abattre le grand mât et le trinquet.

« Six heures plus tard ils aperçurent le rivage, tentèrent de le gagner, mais en vain. L'eau envahissait le navire. Le lendemain matin, à cinq heures, le *Manchester* était sur le point de sombrer et les hommes commençaient à se réfugier sur la dunette.

« Brusquement le navire s'ouvre en deux et la plupart des hommes d'équipage périssent.

« Le capitaine se porte au secours des deux passagers, son épouse et son fils ; Roberto Wells et le second pilote en font autant et tous les cinq se jettent sur la pièce de bois qui flotte sur la mer et se dirigent vers la terre. Peu après une vague emporte la malheureuse mère et disperse les quatre survivants qui s'échouent à différents endroits du rivage et ne tardent pas à se retrouver, guidés par un même sort.

« Ils construisent un petit canot, recueillent les débris du naufrage et parviennent à arracher des vivres à la poupe de l'épave grâce auxquels ils survivent un certain temps.

« Les rigueurs du climat et les souffrances causent la mort de David Reed Evans le 3 novembre. Le 22, les Indiens viennent les voir pour la deuxième fois et ne pouvant obtenir d'eux les vêtements qu'ils avaient demandés lors de leur première visite, ils les attaquent. L'infortuné capitaine est tué ainsi que deux Indiens.

« Pendant ce temps, le malheureux enfant de treize ans, Tomas E. Coffin, qui a perdu son père et sa mère en si peu de temps, parviendra avec Roberto Wells à échapper aux Indiens et à informer les autorités des détails horribles de la catastrophe.

« Les deux malheureux partent sur leur canot de fortune à la recherche du Détroit lorsque le temps le permet, se réfugiant à terre lorsqu'il leur est contraire et se nourrissant de biscuits et de coquillages.

« Le 15 février 1855, ils se joignent à une famille de Fuégiens qu'ils ont rencontrée à leur arrivée dans la baie de Fortescue. Ils reçoivent d'eux une très bonne hospitalité et sont traités avec bienveillance. Ensemble ils se rendent dans quelques criques du Détroit. Ils se trouvent sur l'île de Carlos quand ils voient passer deux bateaux, probablement le transporteur l'*Infatigable* et le vapeur *Constitución*.

« Le 25 mai 1855, ils sont recueillis à Fortescue par le brigantin de guerre chilien, le *Meteoro*.

« Pendant cent jours ils avaient supporté de dures épreuves ; leur provision de biscuits terminée, il ne leur restait plus que les coquillages. Le dénuement dans lequel ils se trouvaient ne pouvait être plus grand et leur séjour parmi les Indiens, qu'ils ne comprenaient pas et auxquels ils ne pouvaient inspirer confiance, les avait beaucoup tourmentés.

« Mais il est satisfaisant de savoir que ces Indiens ne tentèrent jamais de leur faire le moindre mal, tout au contraire chacun d'eux s'ingéniait à les soulager de leurs infortunes.

« Ce récit fut fait à bord du *Meteoro* par les deux survivants du naufrage, Roberto Wells et Tomas

E. Coffin, qui remirent la liste de tous ceux qui se trouvaient à bord du *Manchester*. »

Qui sont ces Indiens qui moururent au cours du combat contre le capitaine Coffin ? Les Yamana et les Alakaluf vivaient dans cette région. Voiliers et canots sillonnaient les eaux du détroit de Magellan, tout comme le bien et le mal se côtoyaient dans l'univers des archipels australs.

Selon les voyageurs espagnols, Fortescue ou Fuerte Escudo est une baie qui offre un très bon mouillage, peut-être le meilleur de tout le Détroit, à l'ouest de la baie San Nicolás. Elle est vaste, bien abritée, d'accès aisé et peu profonde. Dans le routier de Juan A. Coloane, dont je fais si souvent usage, il est recommandé à propos de Fortescue de « ne pas mouiller trop près de la côte ouest car les rafales de vent y sont violentes et imprévisibles et le mouillage y est moins bon que du côté est ».

En mer, pas de meilleure défense, en effet, qu'un mouillage formant un *fuerte escudo* (« solide bouclier »). Pourtant, l'entrée de Fortescue est très étroite et s'est beaucoup ensablée depuis l'époque de l'*Adventure* et du *Beagle*, les bateaux de Fitz-Roy et de Darwin.

Pendant des décennies on a accumulé les études et les observations pour établir laquelle des deux voies de l'Atlantique au Pacifique, celle du Détroit ou celle du cap Horn, offrait le plus d'avantages et de sécurité.

En 1785, l'Espagne envoya une expédition dans ce but, à bord de la *Santa María de la Cabeza*, avec deux cent soixante-dix-sept hommes d'équipage sous les ordres du capitaine Antonio de Córdoba. Ils mouillèrent le long de la côte orientale de la Patagonie et poursuivirent leur route jusqu'au Détroit. C'est ainsi que Córdoba atteignit la baie de Fortescue. Cependant, les avaries, les contretemps, la dureté du climat l'incitèrent à considérer la route du détroit de Magellan très inférieure à celle du cap Horn.

L'expédition revint en Espagne avec une foule d'observations intéressantes sur le sol, les cultures, mais surtout les Patagons et les Fuégiens. Les Patagons sont qualifiés « d'êtres dociles et de bonne foi, qui respectent, entre eux, de droit de propriété, sont sobres et reconnaissants ». Les Indiens des canaux présentent, selon Córdoba, d'autres caractéristiques : « Ils sont plus petits, vivent dans la misère et le dénuement, et le spectacle qu'ils offrent provoque la compassion. »

L'expédition de la *Santa María de la Cabeza* incita l'Espagne à s'intéresser au peuplement de la région.

Mais je ne sais toujours pas quels sont les Indiens qui ont attaqué le capitaine Coffin.

Le « Cazador »

1856

« Vapeur à aubes du gouvernement chilien, construit en bois et fer, et destiné dès son lancement au transport de passagers. Le *Cazador* avait quitté le port de Talcahuano pour Valparaiso le 30 janvier 1856, avec cinq cent une personnes à bord, hommes de troupe et quelques passagers.

« À huit heures du soir, au moment où le *Cazador* naviguait vent en poupe, à voile et à vapeur, il s'échoua sur les récifs du cap Carranza. Ce fut l'un des plus tristes naufrages de nos annales maritimes.

« Le choc fut si violent et l'inondation de la coque si rapide que les passagers qui se trouvaient à la poupe eurent à peine le temps de mettre les chaloupes à l'eau et d'y embarquer, tandis que ceux qui étaient à la proue furent happés par les eaux tourbillonnantes autour du navire qui sombrait.

« Quatre chaloupes avaient pu être mises à l'eau. Deux d'entre elles se dirigèrent vers le rivage mais chavirèrent avant de l'atteindre, tandis que les deux autres, l'une commandée par le commandant du *Cazador*, don Ramón Cavieses, l'autre par le comptable Guzmán, prenaient la direction de l'estuaire de

Constitución où ils arrivèrent dans la matinée du lendemain. Il y avait quarante-trois survivants et quatre cent cinquante-huit disparus, passagers, soldats et hommes d'équipage.

« Au moment du naufrage, le pont du navire, déjà à moitié submergé, fut le théâtre de scènes véritablement poignantes : obéissant aux ordres du commandant, les officiers se précipitèrent à la proue où ils furent aspirés par le tourbillon avant d'avoir pu exécuter la moindre manœuvre. L'illustre famille Iñiguez, qui se trouvait à bord, disparut entièrement dans la catastrophe ; une des filles, jeune mariée, voyant tout espoir perdu, se jeta dans les bras de son mari et tous deux furent engloutis dans l'abîme, en même temps que de nombreux couples des compagnies du 2e bataillon de ligne qui se trouvaient à bord.

« Tous les lieutenants du navire se noyèrent, même l'officier de quart qui s'était enfermé dans sa cabine pour y cacher ses fautes. Pas un seul officier des troupes embarquées ne survécut.

« Des enquêtes officielles effectuées pour éclaircir les circonstances du naufrage, il ressortit que la cause unique de la catastrophe fut la modification de cap ordonnée par le commandant, modification effectuée par l'officier de quart en dépit du timonier de service qui prétendait suivre les instructions du commandant. La route fut donc modifiée à l'insu de ce dernier et malgré les protestations du timonier.

« Le conseil de guerre déchargea le commandant de toute responsabilité, en dépit de l'impression douloureuse que laissait l'hécatombe du naufrage.

« Voici un extrait du rapport remis par D. Ramón Cavieses, commandant du *Cazador*, au Commandant général de la Marine.

« [...] À huit heures du soir, alors que le lieutenant de 1re classe Don Roberto Segundo Simpson était de quart, j'ai été surpris par un choc violent du navire qui venait de heurter les rochers de Carranza, à dix-huit milles au S-O de Constitución. J'ai aussitôt ordonné des manœuvres visant à rapprocher le bâtiment d'un lieu accessible à un débarquement, mais elles sont restées infructueuses. La coque s'était ouverte à l'avant et le désastre touchait à son terme. Sans plus attendre j'ai ordonné d'amener les chaloupes et aux passagers de venir se réfugier sur la dunette. Il n'y avait plus rien à faire. Les gens sont montés à bord des deux premières chaloupes et se sont dirigés vers un rivage dangereux où la plupart ont péri en essayant de débarquer. Je me suis embarqué dans la dernière chaloupe, laquelle a touché l'eau à l'instant même où le navire sombrait, et nous nous sommes dirigés vers la baie de Constitución, arrivant à sept heures du matin, suivis un peu plus tard par l'autre chaloupe pilotée par l'agent comptable avec treize hommes à bord.

« Je continue, Monsieur le Commandant Général, d'ignorer la cause de la perte du navire que je commandais. Je n'accuse personne, ni même le timonier, malgré les embardées provoquées par le changement de route qui pourraient conduire à penser qu'elles sont l'unique origine du désastre.

Je laisse donc le soin au conseil de guerre d'examiner la cause de ce malheureux événement.

« J'ai appareillé de Talcahuano sur ordre de Monsieur l'Intendant à onze heures et demie du 30 du mois dernier, ayant embarqué pour les conduire à Valparaiso la 6e compagnie du 2e de ligne aux ordres du capitaine don Valentín Rodríguez, un peloton du même corps de vingt-trois hommes, sous les ordres du sous-lieutenant don Vicente Alvares de Araya, et cent quarante femmes de soldats, selon la liste de l'approvisionnement en vivres. Étaient également présents comme passagers, avec l'accord de Monsieur l'Intendant, l'administrateur de la douane de Talcahuano, don Manuel Iñiguez, son épouse et leurs deux enfants, don Francisco Uriondo et son épouse, don Lorenzo Guzmán et don Vicente Vásquez. Malheureusement, tous les passagers ont péri, à l'exception de ceux qui figurent sur la liste ci-jointe.

« Le départ du vapeur s'est effectué par vent du sud et mer plate, à l'allure de dix milles à voile et vapeur. À une heure de l'après-midi, à environ quinze milles du mouillage, furent doublées les pointes O de Tumbes à S 5° O et celle de Coliumo à l'E-N-E, d'où j'ai ordonné de mettre cap au N, route qui nous conduirait directement jusqu'en vue de Curaumilla. Les machines furent mises à mi-régime et avec l'aide des voiles nous avancions à huit ou neuf milles. Vers six heures du soir je suis remonté sur le pont et j'ai aperçu la côte à une distance de cinq à six milles. J'ai recommandé à l'officier de quart de vérifier fréquemment le com-

pas et de surveiller la route suivie par le timonier, chose que j'avais l'habitude de faire pour chaque officier prenant le quart avant de quitter le pont. Après quoi je me suis retiré dans ma cabine car je devais prendre le quart à huit heures du soir en remplacement du midship Gana (Ignacio Luis), resté à Valparaiso lors de mon départ pour Talcahuano.

« Signé : Ramón Cavieses, Commandant. »

Malgré la froideur du document, le naufrage est en soi impressionnant. Et on remarquera que le commandant ne veut accuser personne, même si les embardées du timonier sont présentées comme la cause éventuelle du naufrage. Tout semble donc normal.

Je me risque toutefois à commenter ce fait dramatique où il n'y eut que quarante-trois rescapés sur les cinq cent un passagers, parmi lesquels trois cents hommes de troupe.

Le pays avait traversé une longue période de crises politiques, l'effervescence régnait de nouveau dans les secteurs religieux et il y avait une recrudescence de régionalisme, notamment à Concepción, outre le problème latent de l'Araucanie qui resurgit périodiquement avec plus ou moins de violence. Les Mapuches, outre la récupération des terres dont ils ont été spoliés, exigent aussi la reconnaissance de leur langue et de leur culture. Il n'existe pas de chiffres très fiables concernant les Mapuches qui constituent notre ethnie majoritaire. On estime leur nombre à environ un million.

Or c'est précisément de cette région que venait la troupe du *Cazador*, où elle avait été envoyée pour maintenir l'ordre.

Le séjour du 2e de ligne à Talcahuano avait créé de nouveaux liens familiaux entre des soldats et des femmes d'origine indienne. Ce qui jette une lumière encore plus dramatique sur le naufrage du *Cazador*.

Je voudrais pour finir m'arrêter sur le mot « embardées », qui signifie : déviation de l'avant d'un navire vers l'un ou l'autre bord due à une erreur de pilotage par grosse mer.

En résumé, le naufrage est dû à ce changement de route. Le responsable en aurait été l'officier de quart… mort, et le timonier, mort lui aussi… Les doutes subsistent.

Le « Dreadnought » ou le « Sauvage des Mers »

1869

« Cette frégate nord-américaine en provenance de Liverpool sombra le 4 juillet 1869, au cap Peñas, en Terre de Feu, alors qu'elle faisait route pour San Francisco, Californie. Elle transportait deux mille tonnes de fer, de la vaisselle anglaise et de la quincaillerie. Elle était commandée par le capitaine Mayhew au passé de marin expérimenté.

« La frégate avait été dessinée selon les goûts et la réputation d'un grand marin de haute mer, Samuel Samuels. Lors de son voyage inaugural elle appareilla de New York pour l'Atlantique nord le 6 octobre 1853. Elle devait son surnom de *Sauvage des Mers* à sa grande maniabilité et à sa vitesse. Elle jaugeait mille quatre cents tonneaux, deux cents pieds de longueur, trente-neuf de largeur et vingt-six de creux. Sur l'étrave était scellée une figure de proue représentant un cheval marin dont les ailes s'ouvraient comme deux vagues. Elle fendait les eaux et montait à l'assaut des lames comme un alezan fougueux. Sa trinquette était frappée de la croix de Saint-Georges. Les constructeurs appartenaient à la maison Currier et Towsend, du Massachussets,

États-Unis, où l'on employait déjà le fer et l'acier dans les constructions navales. Mais les bois durs et légers étaient encore utilisés, pour leur noblesse, dans la fabrication de certaines pièces.

« Les propriétaires, Morgan & Associés, furent emplis de fierté et de satisfaction au spectacle du magnifique navire-courrier, messager de la paix et du progrès, gréé pour affronter les duretés de cette autre mesure de l'homme qu'est le Grand Océan.

« Pendant dix jours, le *Dreadnought* navigua sans autres problèmes que ceux rencontrés normalement par tout navire en haute mer.

« En 1862, au cours de son voyage de retour à New York, il fut bousculé par une grosse mer qui arracha la grande roue avec le petit timon, appelé "roue de respect", car son usage est réservé au capitaine. Deux timoniers se tenaient de chaque côté de la roue tandis que Samuels empoignait fermement les poignées. Un coup de mer le jeta contre les dalots, lui cassant une jambe et le laissant inconscient sur le pont balayé par les vagues. Par chance un des timoniers put l'agripper et le sauver avant que la mer ne l'emportât.

« Malgré sa jambe fracturée, ce capitaine de haut bord, dès qu'il eut repris connaissance, tenta de réparer les avaries, mais tous ses efforts échouèrent. Il effectua de nouvelles manœuvres pour garder le cap vers New York et largua une ancre afin de stabiliser le navire. En vain. Alors il ordonna de prendre les ris des grands huniers et de naviguer au plus près.

« La grande traversée de l'Atlantique fut interrompue et le *Dreadnought* dut mettre le cap sur l'île Faial de l'archipel des Açores, à mille trois cents kilomètres environ des côtes portugaises. Pendant cinquante-deux jours, le capitaine Samuels se battit avec acharnement, malgré sa jambe cassée, pour sauver son navire malmené. Il parvint à réparer les avaries et à reprendre la route de New York. »

C'est dans ma maison de la côte que j'entendis ce récit de la bouche du capitaine de haute mer Percio García, qui m'offrit en outre un portrait du capitaine Samuels dans un cadre rouge. Il est toujours là, appuyé contre le mur, où il continue à lutter contre l'humidité qui ronge son image.

Le début du naufrage est ainsi raconté par Vidal Gormaz :

« Le *Dreadnought* qui faisait route vers San Francisco, à l'époque de la ruée vers l'or, fit naufrage le 4 juillet 1869 au large du cap Peñas, au nord de la Terre de Feu, à cause d'une erreur de navigation. Quand la voie d'eau se déclara, le bateau était entraîné par le courant. Il y avait trente-quatre hommes d'équipage, une femme (serveuse) et un enfant de douze ans. Ils eurent à peine le temps de s'embarquer sur deux petits canots qu'ils purent mettre à l'eau, sans vivres et sans autres vêtements que ceux qu'ils portaient.

« Pendant dix-sept jours ils se nourrirent de coquillages qu'ils trouvaient sur les rochers à marée basse. La nuit, ils dormaient à terre autour de grands feux. Les Indiens qu'ils rencontrèrent ne leur firent aucun mal. Au lever du jour ils repartaient sur leurs canots vers le détroit Le Maire et dix-sept jours après le naufrage ils abordèrent le bateau norvégien, le *Général Birch,* commandé par le capitaine A. Amerdsen, qui les recueillit à bord et les traita fort bien jusqu'à leur débarquement à Talcahuano le 17 août. Dix hommes d'équipage aux pieds gelés par la neige durent séjourner à l'hôpital. Les autres gagnèrent Valparaiso à bord du vapeur *Bío Bío.* Ainsi fut la triste fin du *Sauvage des Mers*. »

L'« Eten »

1877

« Vapeur de la Compagnie Anglaise de Navigation du Pacifique, jaugeant mille quatre cent cinquante tonneaux. L'*Eten* quitta Valparaiso, sous un ciel bas et pluvieux, à destination du port de Callao, avec des passagers et ses cales pleines. Il s'échoua sur la côte d'Aconcagua, à deux milles au nord de l'embouchure du río Chuapa.

« Voici ce qu'on peut lire dans le *Journal Officiel* du Chili du 21 juillet 1877 :

« À cinq heures du matin du 15 juillet 1877, le troisième pilote, M. Thomas Ford, était de quart. Brusquement, passagers et hommes d'équipage furent tirés de leur sommeil par la violente secousse du bateau qui venait de s'encastrer sur un rocher. Ils abandonnèrent leurs couchettes et se précipitèrent sur le pont dans la plus grande confusion. Les uns s'agrippaient aux cordages, les autres grimpaient dans les chaloupes. Le capitaine s'efforça de maintenir l'ordre et de faire mettre les chaloupes à l'eau. Mais personne n'entendait rien. C'était un sauve-qui-peut général.

« Entre cinquante et soixante personnes se précipitèrent sur une chaloupe et dans la bousculade beaucoup tombèrent à l'eau et se noyèrent. Une centaine de passagers purent surnager et le courant les poussa vers le rivage qu'ils atteignirent en vie mais dans un état pitoyable. Parmi eux se trouvait le jeune Ramón Santa Cruz qui avait eu assez de sang-froid pour s'habiller avant de se jeter à l'eau.

« D'autres trouvèrent refuge sur un rocher distant du rivage d'environ trois cents mètres, croyant y voir leur planche de salut alors que pour beaucoup ce fut leur tombe. Il est impossible de dépeindre les scènes de douleur qui eurent lieu sur ce rocher. Une soixantaine de malheureux s'étreignirent pour résister aux lames qui les submergeaient. Seule la Providence aurait pu les arracher des bras de la mort.

« Mais, malheureusement, les éléments étaient contre eux. Le vent redoublait de violence, la mer était démontée et une pluie diluvienne et glacée trempait ces malheureux, altérant leurs capacités de résistance. Les vagues déferlaient sur le rocher, emportant deux ou trois naufragés à chaque fois, les plus courageux se jetèrent à l'eau et parvinrent, au prix d'efforts surhumains, à gagner le rivage où ils furent recueillis par les habitants des villages voisins qui étaient accourus à la nouvelle du naufrage.

« Le manque de moyens et l'état de la mer ne permettaient pas de venir en aide à ceux qui se trouvaient sur le rocher. Pourtant, le second pilote

du vapeur, M. Eriberto Stevenson, un de ceux qui avaient réussi à gagner la côte à la nage, put mettre une barque à l'eau et tenter d'atteindre le rocher. En vain. Pendant ce temps, M. Bertier, envoyé par le gouverneur d'Illapel, cherchait de son côté à venir en aide aux naufragés. Mais tout fut inutile, tant la mer était déchaînée.

« Le mardi matin, au troisième jour du naufrage, apparut à l'horizon la corvette de SMB Amethyste. *Les naufragés reprirent espoir et se crurent sauvés, mais le bateau s'approcha à un mille du rocher, observa, puis vira de bord et s'éloigna.*

« Le désespoir s'empara de nouveau des malheureux. Ils s'agrippaient depuis cinquante-quatre heures à ce rocher, des heures interminables, terribles. À bout de souffle, exténués par la faim, le froid, les vagues, la pluie, ils n'avaient plus que quelques heures à vivre. Il devait être entre quatre et cinq heures de l'après-midi, quand une vague immense emporta les derniers survivants, au nombre d'une vingtaine.

« La scène la plus triste qui eut lieu sur ce rocher funeste fut la suivante : un certain Mr. Bate et ses deux adorables filles se rendaient à Coquimbo, en provenance d'Europe où elles étaient élevées depuis dix ans. Il était allé les chercher et elles revenaient après ces longues années pour embrasser leur mère. C'est la mort qu'elles embrassèrent. Un par un, ils furent emportés par la mer. La cadette âgée de seize ans vit son père disparaître sous ses yeux, puis sa sœur sans qu'elle pût leur

venir en aide, avant d'être à son tour engloutie dans les eaux. »

« Des cent soixante personnes, passagers et hommes d'équipage, que transportait le vapeur, cent vingt-six périrent alors que trente-quatre à peine survécurent, quatorze passagers et vingt hommes d'équipage. La mer ne rejeta que treize cadavres sur le rivage.

« De nombreux épisodes se succédèrent sur le lieu du naufrage, dont la presse de Valparaiso se fit l'écho.

« Mme Juana Castillo, une des rescapées, avait longtemps résisté à la houle avant de pouvoir s'emparer d'une planche et, grâce à elle, gagner le rivage au prix d'efforts désespérés. Parvenue aux premiers rochers dans un état d'épuisement total, elle se vit attaquée par un bœuf, naufragé comme elle, qui avait réussi à surnager jusqu'aux rochers.

« Don Enrique Egulhide, un passager, s'était éloigné du vapeur à la nage, faisant preuve d'un grand courage. Deux hommes qui s'étaient emparés d'un canot, peut-être le seul qui avait pu être mis à l'eau au moment du naufrage, refusèrent de le prendre à bord. Mais lui, rassemblant ses forces, parvint à atteindre le canot et à monter à bord non sans avoir dû se battre durement contre les deux hommes. Sain et sauf, il déploya son énergie à venir en aide aux naufragés, tout comme le second pilote M. Stevenson.

« Voici le jugement rendu par la Cour navale anglaise :

« La Cour navale, réunie conformément à l'ordre du consul de SMB a procédé à une enquête sur les causes du naufrage du vapeur britannique Eten, *port d'attache Liverpool, numéro officiel 65 905, catastrophe survenue à la roche Toro, au large de Punta Ventana, sur la côte chilienne, le 15 juillet 1877. Ayant délibéré et pris en considération les témoignages et les observations des rescapés de l'équipage et des passagers, ainsi que de témoins présents sur les lieux, la Cour reconnaît que la route suivie par le vapeur* Eten *depuis son départ de Valparaiso fut N 20° ; que cette route était d'un degré de plus à l'O. que celle généralement suivie, et qu'en l'état actuel des connaissances cette route était sûre.*

« Que, la Cour n'ayant pu obtenir aucune donnée sur le compas de route du navire et ses déviations, se trouve dans l'impossibilité de dire à quelle distance de la côte celui-ci suivait sa route.

« Que le navire ayant été gouverné un certain temps à l'O du N, la Cour peut seulement avancer que l'échouement de celui-ci à cet endroit est dû à une brusque aberration du compas, causée par le tonnerre et les éclairs, une forte décharge électrique, ou par une soudaine et inhabituelle force de courant à "raz-de-marée", dont l'évidence est indubitable pour démontrer le phénomène de marée qui a eu lieu le long de la côte. Il est notoire que sur toute la côte du Chili les marées entrent avec plus de force dans les baies et les anses les jours de tempête, particulièrement au nord, etc. »

Ce naufrage, ou ce sinistre, comme on voudra, comporte des éléments dignes d'un conte, où se mêlent des sentiments dramatiques, compréhensibles au milieu d'une telle tragédie. Dans ce décor où les gens se débattent entre la vie et la mort, une lueur d'espérance point à l'horizon : la corvette de SMB *Amethyste*. Mais le bateau s'approche et fait la sourde oreille à la tragédie. La Cour navale anglaise ne se prononce pas sur ce fait. Nombreux parmi ceux qui espéraient que la corvette se porterait au secours des naufragés durent penser que les hommes, parfois... n'existent pas. Ne reste alors que la chance qui va et vient, comme cette lueur d'espoir que les naufragés entrevirent un instant.

Un autre élément de ce conte de la mer est la présence du bœuf, rescapé de l'*Eten*, naufragé comme la passagère, qui s'en prend à elle sur le rocher où ils se sont réfugiés et qui, ironie de l'histoire, s'appelle Toro.

Cette région entre Punta Ventana et le port de Huentelauquén est semée d'embûches et d'écueils qui constituent de sérieux dangers pour la navigation côtière. La zone du rocher Toro, très proche de Punta Ventana, est hérissée d'îlots aux noms curieux : Punta Loberia, au relief très escarpé, Mula Muerta, Lengua de Vaca plus au nord, où les épaves du voilier chilien le *Libertad* et celle du vapeur l'*Araucania* incitent à ne pas s'attarder dans les parages. En révisant mes notes pour préciser les dates probables de ces naufrages, j'ai remarqué près de Punta Loberia le nom de Punta Cruz de la Ballena, où je me suis rendu dans des circonstances douloureuses. On avait retrouvé sur un rocher le corps de Marta Ugarte, militante communiste qui avait été enlevée en 1976 par les sbires de Pinochet. Son corps avait dû être jeté à la mer depuis un hélicoptère, mais il était tombé sur un rocher que l'on devrait baptiser Marta. J'y ai déposé un bouquet de fleurs des champs. Je me suis assis sur le sable et j'ai repensé aux images d'un film de Cousteau sur les baleines, ces « monstres » aux caresses et aux mouvements si humains lorsqu'ils s'approchent de la femelle. Ce fut une triste méditation sur la vie et la mort…

Le « Jilguero »

1885

« Bateau jaugeant 444,45 tonneaux, construit avec des matériaux de bois chez Thomas Thom, en 1849, inscrit à la Marine Marchande du Chili en 1881, propriété de don Federico Peede de Valparaiso, commandé par le capitaine don Pedro Garai. Le *Jilguero* ("chardonneret") quitta le port chilote d'Ancud à destination de Queilen le soir du 29 mai 1885. Dans la nuit se leva une tempête avec un vent de N-N-O, un des plus violents qui soufflent sur Chiloé.

« Nul ne revit jamais le *Jilguero*. On sait seulement qu'il emprunta le détroit de Chacao vers l'intérieur de l'archipel. Le vapeur le *Valparaiso*, au service des autorités de Chiloé, partit à sa recherche et revint sans avoir trouvé la moindre trace. On supposa que la tempête l'avait jeté contre des récifs du golfe Corcovado sur lesquels il s'était éventré et avait coulé à pic entraînant tout l'équipage dans la mort.

« La liste de l'équipage et des passagers est la suivante : Capitaine : Pedro Garai, espagnol. Cuisinier : Miguel Taboada, *id.* Steward : Remijio Rojel, chilien. Matelots : Tiburcio Almario, philippin, Antonio González, chilien, Pedro Tomás, autrichien.

Mousses : Juan Reyes, chilien, Celestino Vargas, chilien. Arrimeur : Jacinto Aguilar, chilien. Se trouvaient également à bord l'agent comptable don Manuel Barbero ainsi que la famille du capitaine, sa femme et leurs trois filles. Au total quinze personnes dont on n'a plus jamais eu de nouvelles. »

À la lecture de cette version sèche et désincarnée je suis étonné de ne pas trouver la moindre allusion aux rumeurs qui circulaient alors sur l'abordage du *Jilguero* par les Indiens pirates qui infestaient les mers du Sud à cette époque.

Il était souvent question dans la presse de Valparaiso d'une bande de pirates commandés par un Indien appelé Nancupel qui écumait les eaux australes en attaquant les petits bâtiments, s'emparant des vivres et étranglant passagers et matelots dont les cadavres étaient jetés à la mer. Pendant quelques mois de l'année 1885, plusieurs bateaux n'arrivèrent jamais au port où ils étaient attendus. On a donc supposé, non sans raison, que le *Jilguero* était tombé aux mains de cette bande et que passagers et marins avaient été tués.

J'en ai trouvé trace dans un texte de 1927 du prêtre Francisco J. Cavada, membre de la Société d'Histoire et de Géographie du Chili : « Le nom du *Jilguero* a longtemps évoqué le souvenir d'une effroyable tragédie, d'un massacre dont furent victimes le capitaine, son épouse et leurs trois enfants, les marins et les passagers, dont pas un seul ne réchappa. [...] Quelque temps plus tard, Nancupel et ses complices tombaient entre les mains de la justice et furent exécutés à Castro. Déjà, en 1879, avaient été fusillés à Ancud les membres d'une autre bande et leur chef, le redoutable pirate Nahuelhuen, dont le nom avait semé la terreur dans ces mers. »

Face à ces deux brèves versions d'un même naufrage, me revient en mémoire une phrase de Thornton Wilder, auteur du *Pont du Roi Saint-Louis* : « Il y a un monde des vivants et un monde des morts, le pont qui les relie est le souvenir. »

Le « Gulf of Aden »

1890

« Le 8 mars 1890, le vapeur anglais *Gulf of Aden*, provenant d'Europe, quittait le port de Punta Arenas, dans le détroit de Magellan, à destination de Valparaiso. Il comptait quatre-vingts personnes à bord, passagers et hommes d'équipage, et transportait une cargaison de marchandises diverses.

« Il débouqua le Détroit sans le moindre incident et se retrouva dans le Pacifique. Mais après trois jours de navigation, à proximité du golfe des Peines, il commença de faire eau et l'inondation fut aggravée par une tempête qui se leva sous un vent de nord-ouest à cent vingt milles environ de la côte abrupte et dangereuse.

« Le 12 mars, à quatre heures du matin, le *Gulf of Aden* sombrait inexorablement. Quarante-huit passagers et hommes d'équipage s'embarquèrent sur les trois canots de sauvetage, tandis que le capitaine, le troisième pilote et treize personnes montaient à bord d'une chaloupe.

« Le *Gulf of Aden* fut une proie facile pour notre redoutable golfe des Peines. Dix hommes à peine survécurent, gagnant après bien des souffrances le port de Quellón, au sud de l'île de Chiloé.

« Des autres, il n'y eut jamais de nouvelles. Hormis des racontars de tavernes où il était question d'embarcations "quille au soleil".

« Au moment de l'embarquement sur les canots, dix-sept personnes avaient péri, emportées par les grandes vagues du golfe des Peines qui s'abattaient sur le *Gulf of Aden*.

« On ne put jamais établir avec certitude la cause de la perte du vapeur. La Cour navale anglaise, elle-même, réunie au port de Valparaiso, fut d'avis que le sinistre était dû à un mystérieux accident survenu à la proue du navire à la suite duquel la cale avait été inondée. Après avoir clos son enquête, la Cour exprima sa reconnaissance au Commandement général de la Marine, qui avait fourni une aide précieuse, et aux autorités de Quellón et de Castro pour leur attitude humanitaire envers les naufragés errants.

« La presse publia des articles relatifs aux pénuries et aux difficultés qu'avaient endurées les rares survivants.

« Le capitaine du *Gulf of Aden*, J. D. Munrow, avait été le dernier à abandonner le navire, restant sur le pont pendant que les canots s'éloignaient soulevés par la houle. Puis il se jeta à l'eau et gagna à la nage le canot numéro 5, qui arriva à Quellón après douze jours de navigation et dont les passagers purent raconter la tragédie du *Gulf of Aden*.

« En s'éloignant du vapeur, le canot 5 comptait quinze personnes à bord, parmi lesquelles étaient encore en vie le 24 mars 1890 : Alfredo Sergent, troisième pilote, Alejandro Mc Kanley, charpentier, Antonio Mc Donald, mécanicien, Williams Mac Millan, peintre, W. Burns, boulanger, Federico Weston, passager de première classe, A. Cooper et W. Febres, émigrants, et Salvador Gennaro, steward.

« À bord du canot moururent le capitaine J. D. Munrow, Alfredo Parker, matelot, J. Gennaro, serveur en cabines, W. Poole, émigrant, et F. Gordon.

« Quatre canots avaient été mis à l'eau : un premier aux ordres de l'officier French, avec vingt-six personnes parmi lesquelles des femmes et des enfants. Le deuxième, aux ordres du deuxième officier J. Blaine, avec huit personnes, parmi lesquelles le troisième mécanicien et le passager de cabine M. Griffith. Repoussé par une vague, ce canot heurta violemment la coque du vapeur et coula aussitôt. Le troisième transportait douze personnes, passagers et matelots. Sans provisions. Enfin, dans le quatrième se trouvaient le capitaine Munrow et les autres personnes déjà mentionnées.

« Deux heures après l'engloutissement du *Gulf of Aden* les canots se séparèrent. Le n° 1 et le n° 4 restèrent ensemble jusqu'à la nuit tombée, puis chacun suivit sa propre route pour se mettre à l'abri de la tempête.

« Dans l'après-midi du 15 le passager Gordon et le capitaine moururent épuisés par la faim, la soif et le froid. À quoi il faudrait ajouter l'angoisse devant l'ampleur du désastre. Les morts furent immergés. Les survivants longèrent la côte, mais avant d'avoir pu atteindre un lieu d'accostage, trois autres hommes étaient morts.

« Ils arrivèrent à Quellón après quatorze jours harassants, sans recours, ni provisions ni cartes nautiques, indispensables dans ces parages labyrinthiques dont ils ne connaissaient rien. Les vivres qu'ils avaient réussi à sauver du *Gulf of Aden* avaient duré deux jours, pour une navigation de cinq cent cinquante milles.

« Les autorités de Quellón s'occupèrent des naufragés et envoyèrent le vapeur le *Pudeto* à la recherche de ceux qui s'étaient perdus. Puis on envoya la canonnière le *Magallanes* et enfin le croiseur l'*Angamos*, qui parcoururent la côte occidentale de l'archipel des Chonos et de Chiloé, sans succès.

« Les trois autres canots avaient soit coulé en pleine tempête, soit s'étaient fracassés sur les côtes meurtrières des Chonos.

« En pénétrant dans le port de Vallenar, le croiseur l'*Angamos* s'éventra sur une roche à fleur d'eau, non répertoriée. Ce naufrage eut lieu le 2 avril 1890, à 5 h 30 de l'après-midi, à marée descendante. Il n'y eut pas de victimes et l'on put sauver les armements, les vivres et les biens de l'équipage.

« Le Commandement général de la Marine nomma une commission d'enquête qui présenta les conclusions suivantes :

« *La roche sur laquelle l'*Angamos *s'est échoué était inconnue et impossible à repérer. Considérant que le commandant de l'*Angamos *a fait tout ce qui était possible, dès le premier instant, pour sauver le* *bâtiment, puis, jusqu'au naufrage final, le matériel mobile, le Conseil, à l'unanimité, déclare le cas fortuit et décharge le capitaine de corvette don A. Rodríguez de toute responsabilité dans la perte du croiseur* Angamos. »

Le désastre du *Gulf of Aden* éveilla la curiosité d'un grand spécialiste des régions australes, Roberto Christie, qui résidait à cette époque à Chiloé. Il servit d'interprète, à Quellón, au gouverneur de Castro, A. Fontecilla, qui avait pris les premières mesures d'aide aux naufragés. Intrigué par le dramatique dénouement de la disparition du vapeur, Christie entreprit de son propre chef une enquête afin de trouver les restes des canots disparus.

Il demanda aux capitaines des bateaux qui se consacraient à la chasse aux phoques dans les archipels de lui signaler toute trace éventuelle du naufrage.

Parmi ces capitaines, deux Anglais, Calahan et Neete, retrouvèrent des débris de canots et des restes humains sur une petite plage au N-O de l'île Campana, sur la côte ouest de l'archipel Duc de Wellington. La nouvelle fut communiquée à Christie pendant l'été 1893. À la suite de quoi il voulut connaître l'identité des canots. Il lui fut ramené un débris portant l'inscription n° 3, appartenant, selon le gérant de la compagnie Gulf, à l'un des canots de sauvetage du *Gulf of Aden*.

Il n'y eut plus alors de doute que les naufragés montés à bord de ces deux canots avaient péri sur ce rivage inhospitalier. C'est une côte redoutable, pleine de récifs, inabordable, où ne se risquent que les chasseurs de phoques par temps de calme plat.

Le naufrage du vapeur anglais avec ses quatre-vingts personnes à bord, soixante-dix-neuf selon l'un des sept survivants, bouleversa toute la région et bien au-delà.

Le *Chilian Times* de Valparaiso publia le 30 avril 1890 le récit de F. Weston, passager venant de Liverpool, dans lequel il détaille toutes les avaries subies par le *Gulf of Aden* depuis son départ de Punta Arenas :

« Au bout de deux jours de voyage le temps était devenu épouvantable, il était presque impossible de se tenir debout, les coups de roulis jetaient toute sorte d'objets sur le pont, que les matelots devaient s'empresser d'arrimer. Plusieurs passagers et le capitaine s'étaient installés au salon pour converser. Le lendemain, mon compagnon de cabine m'a crié : "Levez-vous tout de suite, nous coulons !" J'ai d'abord cru qu'il blaguait, mais son visage me disait qu'il n'y avait pas un instant à perdre. Je me suis habillé en un tournemain et je suis monté à la passerelle où se trouvait le capitaine. Il a prononcé les mêmes mots. Il était probable que le bateau allait couler, mais il restait un espoir de le sauver. Il m'a prié d'aller au salon pour demander au steward de ranger toutes les bouteilles d'alcool afin d'empêcher l'équipage de boire.

« Aussitôt après, il a donné l'ordre de préparer les canots et les provisions pour chacun d'eux. Les femmes et les enfants devaient se rassembler au salon.

« Nous avons alors vécu des moments éprouvants. Les vagues emportaient tout ce qu'elles trouvaient sur leur passage. C'est ainsi que j'ai perdu un ami de Liverpool qui venait travailler à la maison Williamson, Balfour & Co. Peu après, le capitaine a ordonné de mettre les canots à l'eau. C'est là que la malchance a commencé : le premier canot s'est disloqué en touchant l'eau entraînant dans la mort tous ceux qui s'y étaient embarqués. Le canot n° 3, largué avec vingt personnes à bord, a connu le même sort. Seuls neuf passagers ont pu survivre.

« La situation devenait à chaque instant plus violente. Le capitaine proposa de mettre le cap sur Tres Montes et que le canot du premier officier nous suive de conserve.

« La lutte pour la survie était terrible, et malgré notre fatigue nous devions trouver en nous espoir et courage.

« Les vivres étaient un vrai souci, nous avions des biscuits, bien que mouillés, trente-cinq livres de viande en conserve, mais pas une goutte d'eau douce, ce dont nous souffrions avec angoisse. Le capitaine était dans un état grave. Que le lecteur imagine ce que l'on peut faire en de telles circonstances et quels sont les recours dont on dispose quand on est harcelé par la soif et la fièvre.

« Après un passage dangereux entre des rochers et des îlots, nous sommes arrivés à une crique abritée des vagues. Nous avons pu allumer un feu et profiter de l'eau douce que nous avons trouvée en abondance. Le capitaine s'est réchauffé et nous lui avons donné à boire. Il paraissait se sentir mieux, mais à huit heures du soir il rendait son dernier souffle. Tous les naufragés ont ressenti alors un immense désespoir, pensant qu'il ne restait plus que la Providence pour nous venir en aide.

« Avant de reprendre la mer, nous avons enterré le capitaine et un matelot qui était mort fou de soif.

« Nous avons poursuivi notre route jusqu'à ce que nous apercevions la côte et une colonne de fumée qui nous a fait penser qu'il y avait là des êtres vivants. Nous avons donc accosté et appris que nous nous trouvions au sud de Quellón. Nous sommes allés dans une ferme où on nous a accueillis avec beaucoup d'amabilité et donné à manger des pommes de terre bouillies et de la soupe de fruits de mer.

« De là, nous sommes allés à Quellón avec le propriétaire de la ferme, et nous y avons été très bien accueillis, particulièrement par les autorités maritimes qui se sont mises en contact avec celles de Castro. M. Fontecilla, gouverneur de Castro est venu nous voir en compagnie d'un interprète, M. Robert Christie. Nous nous sommes embarqués sur le vapeur *Pudeto* et sommes allés à Melinka au cas où un autre canot y serait arrivé, mais il n'y avait pas la moindre nouvelle des embarcations perdues. Nous sommes revenus à Quellón, puis à Castro le samedi 23, à neuf heures. Il ne restait plus que sept survivants pour raconter cette histoire. »

La « Cordillera »
1897

Passe un oiseau
et dans ta bouche
vient un goût de cendres
Combien de morts dans tes yeux
et dans le désastre d'être resté vivant ?
Combien ?

GONZALO SANTELICES QUESADA,
jeune poète chilien, mort en exil.
Prix international de poésie de Jaen, 1985.

« Bateau britannique jaugeant sept cent quatre-vingt-huit tonneaux, venant de Liverpool son port d'attache, commandé par le capitaine E. A. Everett. La *Cordillera* avait appareillé de Valparaiso le dimanche 7 novembre 1897, lestée de sable, vers Caleta Buena, où elle devait embarquer une cargaison de nitrate à destination de l'Europe.

« La veille, un vent violent du sud-ouest avait déferlé sur la côte, la mer était grosse et très agitée.

« Le 9, à la mi-journée, le bateau mit à la voile avec quatre cent huit tonnes de sable dans ses cales. À peine sorti du port il fut assailli par un vent furieux et une grosse mer qui imprimaient au bâtiment de grands coups de roulis et un tangage menaçant. Deux heures plus tard, à la hauteur de Quintero, le lest s'échappait et la *Cordillera* donna de la bande. Ayant perdu tout espoir de la redresser, l'équipage construisit un radeau avec les bois du bateau sur lequel montèrent seize des dix-neuf hommes d'équipage. Trois d'entre eux préférèrent rester sur la coque du bateau et furent rapidement emportés par les vagues.

« Un même sort attendait treize des occupants du radeau. Les lames les arrachèrent l'un après l'autre aux bois où ils tentaient de s'agripper. Trois seulement eurent la force de résister héroïquement à l'assaut des vagues. Ces malheureux avaient perdu tout espoir de survivre lorsqu'ils furent secourus, à bout de forces, par le vapeur *Cachapoal* à quatorze milles à l'ouest de Cabo Tablas, où l'on s'occupa d'eux avec zèle à 5 h 30 du matin, le 10 novembre. Dans la soirée ils pouvaient regagner Valparaiso.

« La *Cordillera*, construite à Liverpool en 1866, appartenait à l'armateur G. W. Phillips et était arrivée à Valparaiso en provenance de New Castle avec une cargaison de charbon. Son consignataire était H. A. Kenrick.

« Le capitaine E. A. Everett perdit la vie dans le naufrage. Les trois rescapés étaient J. Mac Lead, premier pilote, H. A. Hamilton, deuxième pilote, Thomas King, charpentier. »

Voici maintenant le récit du naufrage, tel que le présenta devant la commission d'enquête Henry

Alfred Hamilton, né à Dublin, âgé de trente ans, célibataire, etc.

« Avant de charger le lest à bord de la *Cordillera*, des planches furent dressées en cloison sur toute la longueur de l'espace réservé au lest. Le bateau était en bonnes conditions pour naviguer. Le sable du lest fut embarqué en une dizaine de jours, jusqu'au samedi 6 à 6 heures du soir.

« Le dimanche 7, à 9 h 30 du matin, il fut ordonné de virer jusqu'à laisser l'ancre par douze brasses de fond et vingt de chaînes. Le capitaine, qui était allé accompagner son épouse au vapeur du Détroit, revint à bord à 10 heures. Un quart d'heure plus tard le remorqueur *Adela* commençait à sortir la *Cordillera* du port, mais comme l'ancre était engagée, le remorqueur dut ralentir et se placer nez au sud contre le vent. Voyant cela, le capitaine fit orienter le petit hunier, le foc et la trinquette, et brasser la toile pour l'empêcher de faseyer, car le navire recevait le vent par son quart de bâbord. Enfin, le grand hunier fut hissé et le navire prit un élan de trois ou quatre milles.

« Pendant qu'on rentrait l'ancre, je suis allé à l'arrière pour demander au capitaine quelle route nous allions suivre et s'il fallait donner plus de toile. Il me répondit qu'on devait gouverner au N-O, que le bateau ne devait pas aller avec le vent, mais rester entre O et O-N-O. C'était à peu près la mi-journée et nous filions à quatre ou cinq milles.

« Vers deux heures, le navire donnait tellement de la gîte sur tribord, que la houle provoquait de grands coups de roulis. Le vent était frais et la mer très agitée. À trois heures la *Cordillera* continuait à donner anormalement de la gîte, davantage que sous l'effet du vent, et comme le lest s'était déplacé, des hommes furent envoyés dans la cale pour le reéquilibrer sur bâbord. D'autres préparèrent une ancre flottante. On la jeta à la poupe, tenue par un câble métallique de deux cent vingt mètres. Mais le bateau ne se redressait pas.

« Vers quatre heures, un violent coup de roulis côté sous le vent ébranla le bateau. Les hommes qui travaillaient dans la cale furent aussitôt rappelés. Le capitaine ordonna de fermer tous les panneaux et de carguer les focs, de serrer les écoutes des huniers et de relâcher l'écoute de trinquette, sans le moindre effet. Alors il donna l'ordre de préparer les canots. Les matelots se bousculèrent, perdirent leur calme et le premier canot de sauvetage se retrouva sous le bras de la grand-vergue ce qui le fit chavirer, tandis que les hommes s'agrippaient au bastingage de la dunette qui était à leur portée. Le canot passa sous le navire par la poupe, mais rempli d'eau et inutilisable.

« La nuit tombant, il fut décidé de rester à bord du bateau jusqu'au lendemain malgré la gîte de plus en plus forte. Pendant la nuit, des tours de garde furent organisés dans l'espoir de guetter un navire qui viendrait à notre aide, car nous estimions nous trouver à vingt-cinq milles environ du rivage.

« À l'aube, l'horizon était trop bouché pour apercevoir la terre. Elle fut en vue vers midi, à une distance de dix ou douze milles. Le navire restait incliné et l'eau arrivait jusqu'aux surbaux de tribord des écoutilles.

« J'ai remarqué alors que le seul canot qui nous restait avait été emporté par la mer et que les deux voiles de rechange de la bande de tribord avaient rompu leurs liens et qu'elles cognaient contre les écoutilles en brisant les prélarts.

« Bien que le carré soit inondé, on pouvait y pénétrer et y prendre des vivres. On en retira tout ce qui fut possible, l'entassant sur la dunette, où nous pûmes manger un peu.

« Nous entreprîmes ensuite de construire un radeau. Gréé et d'une surface d'environ quarante mètres carrés, nous y plaçâmes des provisions, de l'eau, une caisse de feux de Bengale, des fusées de signaux, une corne de brume… complétés de deux bouées circulaires, d'une hache et, de chaque côté d'un câble de manœuvre solidement fixé à intervalles réguliers, auquel on pouvait se tenir.

« Ces préparatifs terminés, le radeau fut mis à l'eau à l'aide d'un câble. Chaque homme reçut l'ordre de passer une ceinture de sauvetage et de se jeter à l'eau en gardant confiance. L'ordre fut accompli, les dix-neuf naufragés se répartirent aux trois angles du radeau, le câble fut coupé et nous nous éloignâmes du navire dont les mâts étaient maintenant parallèles à la surface de l'eau.

« Nous étions sur le radeau depuis une demi-heure, quand des matelots perdirent leur calme et se mirent à se lever et à gesticuler, effrayés par les vagues qui se brisaient parfois sur nous, ce qui eut pour résultat de submerger un angle du radeau.

Brusquement quatre hommes abandonnèrent le radeau et nagèrent vers le navire. Deux se noyèrent, le troisième l'atteignit et le quatrième revint au radeau. Ce dernier était Nelson Breton, le steward.

« Le désespoir s'empara des autres qui continuèrent à se bousculer sur le radeau. Certains, épuisés, se laissèrent glisser dans l'eau, flottèrent un instant et furent engloutis.

« La coque de la *Cordillera* disparut à quatre heures de l'après-midi. Elle avait coulé à pic.

« Le mardi, à deux heures du matin, nous estimâmes que le capitaine avait perdu la raison et les maigres forces qui lui restaient. À cinq ou six reprises, le deuxième pilote dut le ramener sur le radeau dont il voulait partir, jusqu'à ce qu'il meure et soit abandonné à la merci des vagues.

« Le matelot Murphy perdit à son tour la raison et, à bout de forces, succomba comme les autres.

« Nous n'étions plus que trois survivants. Nous décidâmes de nous installer sur le radeau, chacun à un angle, et nous y restâmes avec une voile hissée entre les mâts que nous avions placés.

« Il devait être sept heures du matin lorsque le contremaître aperçut une fumée à l'ouest. Nous crûmes d'abord que c'était la terre, puis nous reconnûmes un vapeur. Nous fîmes des signes avec deux mouchoirs attachés à une barre de cabestan brandie le plus haut possible.

« La vapeur aperçut nos signaux car il changea de route et se dirigea vers nous. Un canot fut mis à l'eau. À sept heures cinquante les trois survivants de la *Cordillera* étaient sauvés. »

Il est possible que ce naufrage n'exige aucun commentaire, car le récit du premier pilote, dont j'admire le courage, explique pas à pas le désastre de la *Cordillera*. Je me pose pourtant une question. La peur et l'impuissance ont-elles été si déterminantes pour que l'équipage en arrive à perdre son calme et le capitaine la raison ? Quel doit être le comportement approprié quand on affronte un tel danger ?

Je connais bien la péninsule de Quintero avec sa grande baie et son petit port de pêche. Les vagues qui déferlent sur les plages et les rochers sont hautes de plusieurs mètres. En 1982 – dures années – un naufrage eut lieu sur la côte en face de ma maison. Le bateau s'échoua sur les récifs et sa poupe fut littéralement soulevée. C'était le *Northern Breeze*. Le naufrage avait eu lieu pendant la nuit. Le lendemain matin, la brume et la police du port m'empêchèrent de m'approcher des lieux. Les rumeurs allèrent bon train. On racontait partout qu'il s'agissait d'un naufrage provoqué pour toucher la prime d'assurance. Ce qui fut confirmé quelque temps plus tard. Du reste on ne savait pas ce qu'étaient devenus le capitaine et l'équipage. Laconique, la presse se contenta d'annoncer : « Le *Northern Breeze* s'est échoué à Quintero. » Délesté de sa cargaison et de son matériel, le *Northern Breeze* resta pendant des années planté sur son récif comme une vigie morte. Chaque fois que je revenais à ma maison de Quintero, j'aimais regarder de ma terrasse cette épave qui semblait me dire « je suis encore là ». Un jour, dans les années 90, elle sombra et disparut de la surface des eaux. J'ai toujours senti que quelque chose de ma maison était parti avec le *Northern Breeze*.

Le « Mataura »

1898

Le *Mataura* était un vapeur anglais jaugeant trois mille six cents tonneaux, commandé par le capitaine de la Royal Navy Reserve, M. C. A. Milward. Il comptait soixante-neuf hommes d'équipage et trois passagers à bord.

Il appareilla de Nouvelle-Zélande (le 8 janvier ?) à destination de l'Angleterre, avec une cargaison de huit mille cinq cents ballots de laine, quatre mille barils de graisse, quatre mille caisses de beurre et de fromages, et quarante mille moutons congelés.

Le capitaine Milward voulut gagner l'Atlantique par le cap Horn, mais des avaries de machine l'obligèrent à remonter au nord vers le cap Pilar pour s'engager dans le détroit de Magellan où il pourrait réparer.

À proximité du cap Pilar, le *Mataura* eut à subir une nouvelle avarie causée par le mauvais temps, et les vents d'ouest le poussèrent jusqu'à la côte de la Desolación, où il s'échoua. Le capitaine alors prit les mesures qui s'imposaient pour sauver les vies.

Ce qui suit est un extrait du communiqué du capitaine du *Mataura* au sujet de la perte du navire, envoyé par le commandant de la canonnière le *Magallanes*.

« Le 12 janvier 1898 nous nous trouvions à 12 heures, à 52° 43' de latitude S et 74° 58' de longitude O.

« À 12 h 22, terre en vue au nord 60° Est vrai.

« La route du navire était à ce moment-là de 30° Ouest vrai, et croyant que les terres en vue étaient les Apóstoles, à 12 h 45 nous avons mis le cap sur N 17° O.

« À 1 h 20 p.m. on aperçut un autre rocher au N-E, qui est en fait l'îlot le plus à l'ouest des Apóstoles.

« À 1 h 50 p.m. ce rocher se trouvait à six encablures. Je mis le cap sur N 20° E. vrai, pour éviter un brisant repéré par bâbord, car le navire allait de 1 à 3° sous le vent. Nous tentons de passer à cinq encablures des brisants, car les cartes de navigation ne signalent aucun danger dans ces parages, prenant de plus en considération les mauvaises conditions de la machine qui ne permettaient pas de lutter contre un vent O-N-O. de force 8 et une pluie très dense.

« À 2 h 05 p.m. le navire heurta deux fois à la poupe légèrement. J'ai ordonné aussitôt de sonder les compartiments et de fermer les cloisons étanches.

« Le charpentier nous a prévenus qu'il y avait cinq pieds d'eau dans le n° 1 et quatre pieds dans le n° 4. Plus tard, le chef des mécaniciens m'a informé qu'on ne pouvait pas fermer la cloison étanche. C'est pourquoi j'ai décidé de mettre le cap sur Sealers Cove, avec l'espoir de sauver les vies et d'approvisionner tous les canots. Le navire a continué à une allure très lente.

« À 3 h 30, nous avons mouillé l'ancre de tribord par vingt-trois brasses d'eau, soixante-quinze de chaîne, dans le but de nous placer de l'avant et d'aborder plus facilement les rochers.

« Le courant était très fort et a fait virer de nouveau le navire, l'exposant dangereusement aux rochers, à la suite de quoi l'équipage l'abandonna et débarqua à Sealers Cove.

« Je fis sonder de nouveau les compartiments. Il y avait vingt-deux pieds d'eau dans le n° 5, et cinq pieds dans la salle des machines. J'ai donc décidé d'échouer le bateau sur les rochers.

« Le 16 janvier je suis monté à bord d'un canot et j'ai atteint le détroit de Magellan par le Sea Chello Abra Channel, puis Punta Arenas le 17 janvier à 8 h 00 p.m. Les autres canots ont été secourus par des navires du gouvernement chilien.

« Signé : C. A. Milward,
capitaine du *Mataura*. »

Voici maintenant ce que nous raconte Vidal Gormaz :

« Après s'être échoué, le vapeur resta couché et fut en grande partie inondé.

« Le capitaine, l'équipage et les passagers s'embarquèrent sur cinq chaloupes. Dans l'une d'elles se trouvaient le capitaine, les trois passagers et onze matelots. Elle se dirigea vers le nord, doubla le cap

Pilar et entra dans le détroit de Magellan, où elle fut secourue au large de Punta Santa Ana par le vapeur anglais *Hyson* qui faisait route vers Coronel avec une cargaison de blé et d'orge. Le vapeur arriva à Punta Arenas dans la soirée du 17 janvier et avec lui la nouvelle du naufrage du *Mataura*.

« Le lendemain matin le petit vapeur le *Yáñez* quitta Punta Arenas à la recherche des autres canots. Le capitaine Milward, qui se trouvait à bord, pensait retrouver les chaloupes – cinquante-huit hommes disposant de vingt-six jours de vivres – dans les parages de Puerto Desolación.

« À l'aube du 19, appareillaient les vapeurs *Albatros* et *Vichuquén*, avec du matériel de sauvetage et des plongeurs.

« Le commandant du vapeur le *Toro*, don Tomas C. Greene, communiqua aux autorités maritimes de Magallanes que, naviguant sur le Long Reach, le 19 à 2 h 30 de l'après-midi, il aperçut trois chaloupes arborant le drapeau anglais qui demandaient de l'aide. Il s'approcha d'elles et apprit ainsi qu'il s'agissait des naufragés du *Mataura*. Il les recueillit à bord et ramena même les chaloupes. Ils étaient au nombre de trente-sept parmi lesquels huit officiers.

« Selon le rapport du lieutenant Greene, les trois chaloupes avaient pu doubler le cap Pilar et pénétrer dans le détroit de Magellan. Les naufragés étaient tous en bonne santé, sauf le cuisinier.

« Dans la soirée du 21 le vapeur le *Yáñez* rentrait à Punta Arenas en ramenant l'équipage de la cinquième chaloupe qui n'avait subi aucune perte.

« Le commandant du *Toro* déclara avoir trouvé l'épave du *Mataura* à Sealers Cove couchée sur un rocher et fit remarquer que la zone présentait une configuration très différente de celle tracée sur la carte de l'amirauté britannique. Il avait chargé M. Amengual d'en dresser un croquis.

« Le *Mataura*, expliqua M. Amengual, se trouvait dans un détroit non loin duquel s'ouvrait une immense baie bien abritée des vents, et que peu avant l'endroit du naufrage s'ouvrait une autre grande baie.

« D'après M. Amengual il est probable qu'à la première tempête le *Mataura* se disloquera et coulera. »

Selon le récit de Vidal, le *Yáñez*, voulant porter secours aux derniers naufragés, retourna au cap Pilar et trouva finalement une chaloupe, avec onze hommes à bord, dans la baie Misericordia.

L'officier qui commandait la chaloupe déclara qu'ils avaient quitté Sealers Cove « tous ensemble », mais que les courants les avaient entraînés jusqu'à Desolación.

Les tours et détours dans la région du cap Pilar, de la baie Desolación et de Puerto Desolación n'étaient qu'une illusion du lieutenant qui assurait avoir vu en face du *Mataura* un autre bateau en feu, ce qui intrigua M. Amengual et l'incita à revenir à Sealers Cove.

Le *Toro* avait recueilli le reste des naufragés et tous s'étaient retrouvés sains et saufs à Punta Arenas, où le consul anglais exprima ses vifs remerciements aux sauveteurs.

La relation de Vidal Gormaz se termine par une phrase qui attire l'attention par sa brièveté, presque sa sécheresse : « Il ne nous a pas été possible de connaître les raisons du naufrage, ni l'arrêt de la Cour navale anglaise. »

Il aurait été intéressant de connaître les conclusions de cette cour. Car rappelons-nous que M. Amengual affirme que le lieu du naufrage du *Mataura* est très différent de celui qui figure sur la carte de l'amirauté britannique. De sorte qu'on est en droit de se demander si ceci n'explique pas cela, bien mieux que les avaries qui ont précédé le naufrage.

Comme la catastrophe a eu une issue heureuse pour les soixante-douze naufragés, dans une zone où la navigation est dangereuse, j'aimerais ajouter quelques mots sur ces lieux dont les noms sonnent comme une mise en garde…

La côte de la Desolación et le cap Desolación se trouvent dans ce que nous appelons aujourd'hui la province de l'Antarctique, où avait navigué le *Beagle*, commandé par Fitz-Roy, à bord duquel voyageait Charles Darwin, entre 1832 et 1834. Le jeune savant cite J. Narborough, marin anglais qui avait effectué plusieurs explorations de la côte orientale de la Patagonie en 1670 : « Cette terre offre un spectacle de désolation, et ce nom lui convient parfaitement. Mais dans ma mémoire et mes notes, je m'en souviens comme d'un lieu escarpé avec de nombreux pics. »

Le cap Pilar, à l'extrême nord-ouest de la Terre de Feu, est la pointe sud-ouest du détroit de Magellan. Un précipice abrupt avec quatre hauts sommets, contre lesquels explosent sans cesse les immenses vagues de l'océan. Tout près, se trouve ce qu'on appelle la Voie Lactée, un goulet semé d'écueils où la mer est toujours écumeuse. Bref : un seul coup d'œil suffit pour dire qu'ici ont eu lieu – et auront lieu – de nombreux naufrages.

Les naufrages à cette époque, bien que dramatiques, étaient entourés d'une certaine opacité, car il existait un arrière-fond laissant présager un conflit entre le Chili et l'Argentine. Avant 1898, les deux pays se préparaient à affronter une guerre, même si le détroit de Magellan avait cessé d'en être la raison. Il n'y avait toutefois aucun doute qu'en cas de conflit, le Détroit serait un grand théâtre d'opérations.

Néanmoins, le président argentin Julio Roca souhaita rencontrer son homologue chilien Federico Errázuriz, rencontre, appelée « l'accolade du Détroit », qui eut lieu à Punta Arenas le 22 février 1899 et dissipa les rumeurs de guerre.

Lors du déclenchement de la Première Guerre mondiale, en 1914, un fait curieux se produisit dans le détroit de Magellan, affecté par la situation bien que le conflit se déroulât en Europe. Les empires allemand et britannique étaient puissants et leurs flottes se disputaient la domination des mers.

C'est ainsi qu'un beau jour apparut à Punta Arenas une flottille anglaise sous les ordres du contre-amiral Craddock, sous le prétexte de venir saluer la

Marine chilienne. Or ce n'était un secret pour personne que le consul allemand, Rudolf Stubenrauch, et le consul anglais, Charles Milward, avaient pour mission d'informer leurs gouvernements respectifs des mouvements de navires croisant dans la région.

Les Anglais avaient appris que le croiseur le *Dresden*, commandé par l'amiral Von Spee maraudait dans le Pacifique sud, ainsi que d'autres bâtiments allemands. Peu après les bateaux se rencontrèrent à Santa María (au large du port de Coronel) où les Anglais perdirent la bataille et durent battre en retraite vers le sud et se réfugier aux îles Malouines.

Préoccupé par cette situation qui avait violé l'intégrité territoriale, le Chili envoya deux torpilleurs au sud pour garantir – symboliquement – la neutralité de la zone.

Les Anglais attendaient le moment propice pour prendre leur revanche, particulièrement contre le *Dresden* qui était passé à Punta Arenas et de là s'était caché dans le labyrinthe du Détroit, tandis que les consuls continuaient d'envoyer des rapports sur les mouvements de navires. Le *Dresden* dut sortir de sa cachette pour continuer, avec les autres bâtiments allemands, à poursuivre les Anglais.

Les navires s'affrontèrent en une véritable bataille au large des Malouines en décembre 1914. L'issue en fut terrible pour l'amiral Von Spee qui dut s'enfuir avec le *Dresden*, seul bâtiment rescapé. Dès lors, ce navire fit partie des légendes du détroit de Magellan. Traqué par les Anglais il devait se ravitailler en cachette. Se déplaçant fréquemment, il devint une sorte de vaisseau fantôme que l'on croyait voir partout et nulle part. Les Allemands pouvaient compter sur l'aide de deux compatriotes de nationalité chilienne, Enrique Rothemburg et le capitaine de cotre Albert Pagel, qui jouaient le rôle d'émissaires et facilitaient l'avitaillement. Certes on les soupçonnait, mais il était bien difficile de prendre sur le fait ces deux renards de Magallanes.

Harcelé, le *Dresden* fut obligé de quitter sa cachette et de faire route vers le Pacifique, où il mouilla définitivement dans la baie de Cumberland aux îles Juan Fernández. Un des derniers endroits où le *Dresden* s'était caché se trouve à proximité du cap Horn et porte maintenant le nom du navire. Et le nom de l'amiral Von Spee est écrit sur une pierre à Punta Arenas.

Reste une question que je me suis souvent posé : le consul britannique Charles Milward était-il ce C. A. Milward dont le *Mataura* avait fait naufrage à cap Pilar ?

Qui aurait pu penser que bien des années plus tard, nos voisins argentins affronteraient les Anglais lors de la fameuse guerre des Malouines, ou Falkland comme les appellent les Britanniques. C'était en 1982, vers le mois de mai. Je lis sur une coupure de presse qu'à bord du porte-avions l'*Invincible* se trouvaient le fils de la reine Elisabeth II et le prince Andrew, illustres visiteurs venus réaffirmer la souveraineté britannique sur ces îles…

Les Chiliens ont joué un triste rôle dans cette affaire, où le gouvernement de la dictature a soutenu l'Angleterre donnant toute latitude à l'aviation anglaise d'utiliser l'espace aérien de la région magellanique. Après quoi, on a du mal à croire que l'Angleterre ait ordonné l'arrestation de Pinochet et l'ait gardé si longtemps prisonnier à Londres, malgré les efforts déployés en sa faveur par Margaret Thatcher, la « dame de fer », ex-premier ministre britannique…

Les naufragés du « Général Clarette »
1900

À six milles de la pointe sud de la baie Buen Suceso, sur la côte orientale de la Terre de Feu, se dressent des îlots qui ont l'apparence d'un voilier naviguant entre deux eaux.

Les Indiens des archipels, appelés *Yahgan* par le missionnaire anglais Thomas Bridges, et *Yamana* par eux-mêmes, ont observé pendant des siècles ce phénomène géologique maritime, y voyant les apparitions et disparitions mystérieuses d'un éternel bateau fantôme.

Aussi, ne furent-ils peut-être pas très étonnés d'apercevoir au matin du 3 septembre 1900 un navire semblable échoué sur les rochers du cap Buen Suceso (« Heureux Événement »). Quelle ironie pour un tel nom ! Ainsi sont les contradictions de la réalité quand l'ombre se mêle à la lumière.

C'était le navire français le *Général Clarette*, jaugeant mille sept cent dix tonneaux, en provenance de Swansea et qui se dirigeait vers le cap Horn, à destination de la Californie, avec une cargaison de charbon. Le bâtiment était sous les ordres du capitaine Henri Réhel.

Après un voyage sans histoires vers ces archipels du cap Horn où les Yamana vivaient depuis deux mille ans, le *Général Clarette* s'était engagé le 31 août 1900 dans le détroit de Le Maire à la recherche d'un temps favorable pour affronter le cap Horn, où les tempêtes sont connues comme les plus violentes de la planète.

Le calme apparent du cap Buen Suceso dissimulait la traîtrise.

À 4 h 20 de ce funeste jour d'août 1900, le navire fut brusquement assailli par une terrible rafale de ce vent que les Indiens appellent *coilliwais*. Bientôt la tempête mugissait, accompagnée d'averses d'énormes grêlons, et des feux Saint-Elme crépitaient aux hunes des grands mâts en une effrayante fantasmagorie.

Le vent d'ouest giflait les hommes sur lesquels s'abattit un ciel noir qui se referma sur le *Clarette* et les trombes marines commencèrent à monter des eaux comme des fantômes, surgies de la frégate spectrale de ces îlots rocheux. On aurait dit que ce vaisseau de pierre bombardait la fragile mâture dressée sur un pont construit par la main de l'homme.

Face au désastre qui lui sembla inévitable, le capitaine Réhel tenta de sauver l'équipage et ordonna d'embarquer dans les chaloupes.

Pendant l'opération, le contremaître qui entendait le vent s'engouffrer dans l'entrepont s'exclama : « J'aimerais bien que Dieu, ou le Diable, me laisse le temps de crever de ma belle mort ! »

Une lame écrasa littéralement le premier pilote, Alfred Lechaux, au moment où il allait s'embarquer. L'instant d'après la deuxième chaloupe était emportée et une autre vague fauchait le matelot Joseph Kerdreho. La troisième chaloupe fut broyée par la mer. Il ne restait plus que le petit youyou, tandis que la poupe du *Général Clarette* devenait inhabitable.

En tendant un garde-corps au milieu de la seule chaloupe qui n'avait pas été avalée par la tempête, les vingt-quatre survivants du naufrage purent s'échapper et gagner le rivage.

Les vivres entassés en catastrophe sur le pont avaient été balayés par les vagues. Rien n'avait pu être sauvé.

L'équipage décida de se diriger à pied vers le détroit de Magellan et de tenter de gagner Punta Arenas.

Ils commencèrent leur marche à travers des bois couverts de neige, où ils s'enfonçaient parfois jusqu'aux cuisses. Plusieurs hommes souffraient de plaies aux bras et aux jambes et certains eurent les pieds gelés. Pendant la nuit, ils dégageaient la neige et s'allongeaient sur des branchages de roble.

La marche devenant de plus en plus pénible, ils résolurent de continuer en longeant les plages. Ils purent ainsi se nourrir de coquillages et de viande de phoque.

Au bout de sept jours de marche, ils atteignirent la baie Thetis, entre le cap San Vicente et le cap San Diego. C'est un lieu de mouillage qui sert aux navires traversant le détroit de Le Maire quand la tempête les oblige à mettre à la cape. L'espoir revint.

Au matin du 11 septembre ils reprirent la marche et arrivèrent au cap San Vicente. Là, ils rencontrèrent un Indien Yamana accompagné d'un petit chien au poil laineux couleur de sargasse et aux yeux ronds semblables aux vésicules remplies d'air de ces algues immenses, longues parfois de quarante mètres, telles ces chevelures sépia des « filles de la nuit », les « furies » grecques. Le caractère de la « furie » n'est pas bien déterminé. Pour Homère elles sont la vigilance de la famille ; pour d'autres elles ont la mission de sauvegarder les lois qui régissent le monde physique. De plus, elles avaient le pouvoir de châtier, dans les régions de l'enfer, ceux qui avaient commis sur terre toute sorte d'abus. Fait curieux, la baie de Thetis portait le nom de l'une d'elles.

L'Indien Yamana leur conseilla de revenir à Thetis.

Pendant que ces événements se déroulaient, le vapeur chilien l'*Elena* avait mouillé à Caleta Falsa, en Terre de Feu, et le capitaine J. Leoni, accompagné de l'agent comptable Tobías Adams et du matelot H. Ovesgord, partait à la chasse dans la montagne. Après quelques difficultés, semblables à celles rencontrées par les naufragés errants du *Général Clarette*, ils se dirigèrent vers la baie de Thetis.

Peu avant d'y arriver, ils aperçurent des fumées qui s'élevaient paisiblement, donnant l'impression d'une journée de calme et sage luminosité. C'étaient les naufragés qui faisaient cuire de la viande de phoque. Ce fut une date heureuse et mémorable que ce 11 septembre 1900, à sept heures et demie du matin (bien différente de celle du 11 septembre 1973[1]).

1. Date du coup d'État militaire de Pinochet.

Les trois hommes de l'*Elena* offrirent aux naufragés les provisions qu'ils avaient emportées pour leur partie de chasse et partagèrent avec eux viande de phoque grillée et soupe de fruits de mer.

Seul le chien de l'Indien Yamana, se sentant écarté du festin, se mit à pousser des hurlements quasi humains en essayant de saisir la fumée de viande grillée qui montait du foyer.

Tous furent touchés par la plainte de l'animal qui résonnait comme un appel à la conscience ou au cœur.

L'Indien prononça à plusieurs reprises la parole holophrastique *mamilapataia*, une sorte de phrase rituelle destinée à celui que l'on rencontre en chemin et dont on ne sait si les intentions sont bonnes ou mauvaises.

Il s'efforça de leur expliquer par gestes que le chien se rappelait le naufrage d'un anan – un canot fait d'écorces de roble – au milieu des îlots pareils à un vaisseau de pierre. Là avaient disparu ses maîtres, et l'Indien avait beau le nourrir et prendre soin de lui, le chien n'oubliait pas ses anciens maîtres et son hurlement appartenait à une sorte de croisement d'animal de terre et de mer.

Le capitaine Leoni offrit aux naufragés de les prendre à bord et de les emmener au port chilien de Punta Arenas.

Le 12 septembre, les marins de l'*Elena* revenaient à Caleta Falsa avec les naufragés qui furent bien accueillis à bord.

Le 14, l'*Elena* mettait le cap sur le détroit de Magellan. À Ushuaïa, le gouverneur argentin s'occupa des naufragés et leur fournit les objets et vêtements dont ils avaient besoin. Le 19, à deux heures du matin, ils posaient le pied sur le quai de Punta Arenas, où ils furent pris en charge par l'agent consulaire français, Jean Blanchard. Vingt-quatre marins du *Général Clarette* avaient survécu au naufrage. On raconta par la suite que l'un d'entre eux avait sur lui une gravure représentant Napoléon faisant un pacte avec le diable…

L'agonie de l'« Antarctic »
1902

À mon arrivée à Pékin, en 1962, le hasard, qui fait souvent bien les choses, m'a mis entre les mains des articles signés du géographe et géologue suédois Gunnar Andersson. Ces articles portaient sur ses recherches archéologiques en Chine. Mais pour moi, le nom d'Andersson était d'abord celui d'un des héros de l'extraordinaire expédition dirigée par Otto Nordenskjöld, en Antarctique, en 1902. Son récit, *Deux ans dans les glaces du pôle Sud*, avait été pendant longtemps un de mes livres de chevet, que je n'aurais oublié pour rien au monde d'emporter à bord de l'*Angamos*, en 1947, lors d'une expédition chilienne en Antarctique, à laquelle j'avais été invité à prendre part et dont j'ai parlé dans mes mémoires[1].

Je suis toujours ému en relisant les mots de Nordenskjöld, ils continuent d'exercer sur mon imagination un pouvoir peut-être plus grand que bien des romans : « Ce n'était pas pour aller chercher la chaleur et le soleil que je quittais ainsi volontairement

1. *Le Passant du bout du monde*, Phébus, Paris, 2000.

ma patrie, mais pour aller voir le grand désert blanc qui enveloppe le pôle Sud, pour aller explorer le grand inconnu antarctique, le dernier grand espace de notre planète qui soit demeuré mystérieux. »

L'expédition d'Otto Nordenskjöld – neveu de Nils Nordenskjöld, le découvreur du passage nord-est – appareille donc de Göteborg le 16 octobre 1901, avec six scientifiques – géologues, géographes, naturalistes – et quinze hommes d'équipage, à bord de l'*Antarctic* commandé par un capitaine expérimenté, Karl Anton Larsen qui a déjà fait ses preuves à la barre du *Jason*, en 1892, dans la mer de Weddel, et à qui l'on doit la découverte de la Terre du Roi-Oscar.

La traversée fut longue. L'*Antarctic* atteint Buenos Aires le 15 décembre, où un lieutenant de la Marine argentine, José Maria Sobral, se joint à l'expédition. Puis c'est une courte escale dans une île des Shetland du Sud, le 11 janvier 1902, avant de reprendre la route vers le sud.

« Le 15 janvier, écrit Nordenskjöld, fut un jour mémorable dans l'histoire de l'expédition. Le matin, nous nous sommes engagés dans un large détroit entre l'île de Joinville et le continent. C'était une grande porte vers l'inconnu du sud. À cette passe, j'ai donné le nom de l'*Antarctic*, notre cher navire, qui fut plus tard englouti à quelques milles de là dans le sud-ouest. »

Sur la rive ouest de ce détroit, il remarque une plaine dégagée en bordure de mer qui pourrait servir à l'établissement d'un hivernage. Il inscrit cette terre dans son journal de bord sous le nom de Vallée du Dépôt, car il envisage par précaution d'y entreposer ultérieurement des vivres, du charbon, du matériel, qui seront disponibles en cas de coup dur.

Poursuivant sa route vers l'est, l'*Antarctic* mouille devant la petite île Paulet grouillante de centaines de milliers de manchots et de phoques. Les hommes mettent pied à terre et partent à la chasse à l'éléphant de mer, dont Gunnar Andersson relatera un triste épisode : « Un singulier et sauvage spectacle s'est déroulé dans la nuit obscure : l'animal soufflait furieusement, les chasseurs criaient en poursuivant leur proie et les coups se succédaient. Enfin, le grognement rauque de l'éléphant moribond mit fin à notre chasse nocturne. La difficulté de viser dans l'obscurité et notre ignorance absolue sur la manière de le tuer rapidement ont fait que l'agonie du pauvre animal, criblé de balles, s'est prolongée bien péniblement. » Dans mes années d'adolescence, j'ai appris de la bouche de chasseurs de phoques comment il faut tuer l'animal sans le faire souffrir. Le canon de l'arme doit être pointé à un pouce derrière l'œil, vers l'ouïe, où la balle pénétrera dans le tympan, de la taille d'un poing, et ira se loger dans le cerveau en provoquant une mort quasi instantanée. Je n'aime pas les actes de cruauté contre les animaux, qui me rappellent des cruautés historiques bien pires, exercées contre des hommes, qui ont eu lieu dans mon pays, sous la dictature de Pinochet, et dont il faut se souvenir pour qu'elles ne se reproduisent pas.

Mais remontons à bord de l'*Antarctic*.

En février 1902, c'est l'arrivée à l'île Seymour, où l'expédition allait se partager en trois groupes.

« Ce jour-là, écrit Nordenskjöld, je ne me doutais pas quel rôle la Vallée du Dépôt, l'île Paulet et l'île Seymour allaient jouer dans l'histoire de notre expédition. Notre troupe devait se répartir dans ces trois endroits et chaque groupe rester de longs mois dans l'ignorance absolue du sort des autres. »

Nordenskjöld a débarqué avec cinq de ses compagnons sur l'île Snow Hill qui prolonge l'île Seymour où ils vont s'établir. Il ne reverra plus l'*Antarctic*, ni le reste de ses compagnons pendant un an.

L'hiver est terrible, ouragans et tempêtes de neige se succèdent. « Le climat de cette région est à coup sûr un des plus désagréables de la terre », écrit non sans humour Nordenskjöld.

Au printemps, il part en exploration vers la Terre du Roi-Oscar avec deux de ses compagnons. Ils étudient la flore et la faune et reviennent en novembre 1902, espérant voir la débâcle des glaces et le retour de l'*Antarctic*. Mais rien ne se produit, la banquise reste immobile et aucun navire n'apparaît à l'horizon.

« Au début, écrit l'explorateur, cette situation ne nous inspira aucune crainte ; mais peu à peu, il devint évident que notre immobilisation se prolongerait au-delà du terme prévu. Cette perspective n'était pas très gaie, mais ce n'était pas le moment de perdre du temps en vaines rêveries. Nos provisions tiraient vers la fin et il fallait coûte que coûte nous procurer des vivres et du combustible pour un deuxième hivernage. » Mais sous ces latitudes il n'y a guère que le phoque qui puisse fournir ces deux éléments. Ils partent donc à la chasse.

« Nous jetions dans le poêle, graisse, peau et poils tout à la fois, raconte Nordenskjöld. Un phoque fournissait le chauffage pendant une semaine et, grâce à ce procédé, nous avions dans la cabane une température de dix à quinze degrés au-dessus de zéro. [...] Les phoques nous fournirent également la viande, mais elle fut principalement employée à la nourriture des chiens. Pour nous-mêmes, nous préférions les manchots. »

C'est à l'île Seymour qu'ils se rendent, en canot, pour chasser les manchots. Le spectacle qui s'offre à leurs yeux est extraordinaire : « Le canot glisse tantôt entre d'énormes icebergs qui prennent à travers le brouillard l'aspect de châteaux fantastiques, tantôt sur une eau d'un calme plat absolu, tantôt à travers une bouillie de glace si dense qu'on a l'impression de ramer dans une mer de goudron. Parfois, le chenal devient si étroit que l'on doit l'élargir en repoussant les blocs avec les rames et les gaffes. »

« L'île Seymour, explique Nordenskjöld, est sans doute une des régions les plus intéressantes de tout l'Antarctique. Cette terre est un énorme entassement de fossiles, de restes d'animaux marins, souvent remarquablement conservés, de souches d'arbres silicifiés et d'empreintes de plantes. La découverte de ces débris végétaux prouve que ces déserts glacés, aujourd'hui les plus effroyables de la terre, ont été, à une époque antérieure, recouverts d'une magnifique végétation. »

Les jours passent et toujours pas de nouvelles de l'*Antarctic* et de Larsen. Que s'est-il donc passé ? En fait, Larsen a quitté les Malouines en novembre et tenté de rejoindre Nordenskjöld et ses compagnons dont il imagine l'impatience. Mais il a été arrêté par les glaces et n'a pu se frayer un passage jusqu'à Snow Hill. L'*Antarctic* n'est pourtant qu'à quelques dizaines de kilomètres de l'hivernage. Le 28 décembre, Larsen décide de débarquer Andersson et deux hommes, dans une petite anse de la Terre-Louis Philippe. Ils gagneront Snow Hill par la terre pour rassurer Nordenskjöld et ses compagnons. Mais ils ne les retrouveront, au prix d'efforts surhumains et d'un hivernage contraint, que neuf mois plus tard.

Après le départ des trois hommes, Larsen a décidé de faire une nouvelle tentative en cherchant un passage à l'est de l'île Joinville. Le 1er janvier, une violente tempête pousse les glaces vers la terre. L'*Antarctic* se retrouve prisonnier de la banquise. C'est le début de la tragédie. Les icebergs referment leur étau sur le navire. La quille est endommagée, l'hélice ne répond plus. Sous les bourrasques de neige les hommes tentent de dérisoires réparations. En vain. L'*Antarctic* ne bouge pas. En quelques jours, le pont se bombe sous la pression comme du vulgaire fer-blanc, la coque craque, inexorablement broyée par les glaces, le navire est lentement éventré. Le 11 janvier, l'eau envahit la salle des machines. Désormais seule la glace maintient le navire à flot. Mais le 28, elle se brise, l'eau monte dans l'entrepont. Comment imaginer que l'équipage va résister ainsi jusqu'au 10 février ? Ce jour-là Larsen prend enfin la décision de mettre les chaloupes à la mer et d'abandonner le navire. Les hommes s'éloignent et prennent pied sur un iceberg d'où ils voient leur bateau s'enfoncer dans les eaux du continent qui porte son nom. Ils parviendront à gagner la petite île Paulet. Ils y construiront une petite cabane où ils hiverneront dans des conditions misérables jusqu'au mois de novembre 1903, où ils seront sauvés par la canonnière argentine l'*Uruguay*, qui partie à la recherche de la mission Charcot, dont on était sans nouvelles, a retrouvé Nordenskjöld et ses compagnons à Snow Hill. Écoutons Nordenskjöld raconter l'heureux dénouement : « Dans la nuit claire, la canonnière argentine l'*Uruguay* avançait au secours des pauvres naufragés. J'étais sur le pont et contemplais un des paysages les plus désolés que l'on puisse voir. Nous approchons de terre, la hutte dans laquelle sont blottis les naufragés, mes chers et vieux compagnons, devient visible. Soudain, le calme du grand désert de glace est déchiré par le hurlement de la sirène de l'*Uruguay*. Nos camarades sortent tout effarés de leur tanière. Trois heures plus tard, nous nous trouvions tous réunis, heureux et contents, sur le pont du navire. »

Un mot revient souvent sous la plume de Nordenskjöld : « l'inconnu ». C'est pour moi un mot magique, car chaque fois que je repense à ma vie, c'est bien souvent ce mot qui m'a décidé à larguer les amarres.

Un naufrage moderne.
Le remorqueur le « Janequeo »
1965

La zone qui s'étend entre Magallanes et Aysén était fouettée cette année-là par des tempêtes de neige et des tornades de vent de plus de cent kilomètres heure. Entre Llanquihue et Cautín les pluies torrentielles avaient coupé chemins et ponts, isolant des régions entières et les privant d'approvisionnement. À Valdivia, le río Calle-Calle avait débordé, inondant les quartiers populaires.

De telles tempêtes obligent à secourir les phares de la région. La mission de les ravitailler fut confiée au patrouilleur le *Leucotón*. Malheureusement il ne put atteindre que le phare de Punta Galera, car une nouvelle tempête le contraignit à chercher refuge dans la baie San Pedro, plus exactement à Caleta Lluico, fameuse crique qui avait jadis servi de refuge à Juan Bautista Pacheco lors de son voyage d'exploration au sud ordonné par Pedro de Valdivia en 1544.

En 1965, Lluico était un modeste abri pour des bâtiments de faible tonnage, mais bien des bateaux menacés par la tempête n'hésitaient pas à venir s'y réfugier, ce qu'avait fait le *Leucotón*. Lorsqu'il voulut ressortir de cette poche, des vagues de quinze mètres le rejetèrent avec une violence inouïe contre les rochers de la crique où il s'échoua.

Le capitaine appela aussitôt la marine qui envoya deux remorqueurs de haute mer à la rescousse, le *Janequeo*, mouillé à Valparaiso et le *Cabrales* à proximité de Talcahuano.

Le *Janequeo*, un remorqueur jaugeant mille cinq cents tonneaux, appareilla de Valparaiso le 3 août, commandé par le capitaine de corvette Mario Leniz Bennet, pilote naval comptant dix-huit ans de service. Avec ses soixante-huit hommes d'équipage il mit le cap sur Talcahuano où il devait embarquer tout le matériel nécessaire pour le sauvetage du *Leucotón*. Se joignirent à l'expédition le capitaine de frégate Claudio Hemmerdinger, un marin expérimenté, des plongeurs et des charpentiers.

Le jeudi 5 août, le *Janequeo* arriva à la baie San Pedro et les opérations de sauvetage commencèrent aussitôt.

Le temps était menaçant.

Des avions militaires et des hélicoptères avaient survolé la zone sans pouvoir établir le contact avec les bateaux, sauf une fois mais de façon inaudible. Ils durent repartir car il y avait d'autres vies à sauver à Osorno et à Temuco où des milliers de personnes risquaient d'être emportées par les rivières en crue.

1965 fut l'une des pires années de ces dernières décennies ; des vents furieux balayaient la côte du nord au sud, provoquant des dégâts considérables dans la région de Temuco et à Chiloé. C'est dans cet enfer que se trouvaient le *Leucotón*, échoué dans les rochers de Lluico et le *Janequeo* qui allait tenter de l'en délivrer.

Un câble de remorquage fut largué, mais bien vite le travail dut être interrompu car la météo annonçait l'arrivée de nouveaux vents. Les dégâts à Valparaiso et dans d'autres villes étaient énormes.

Le 9 août, on apprenait l'ampleur de la catastrophe provoquée par cet ouragan qui progressait vers le sud, tandis que le *Janequeo* poursuivait sa tâche. Le capitaine Claudio Hemmerdinger, responsable des opérations, avait enfin réussi à tendre un nouveau câble. Il ordonna d'attacher des gilets de sauvetage au câble afin de le maintenir à fleur d'eau. À bord des deux navires les équipages déployaient des efforts acharnés. La manœuvre consistait à faire prendre au *Leucotón* une nouvelle position et, progressivement, à l'arracher de son piège. Malheureusement l'opération échoua et le *Janequeo* se retrouva immobilisé sur une célèbre roche dite de « clocher ». Le capitaine Leniz ordonna alors d'ancrer le navire de façon à ne pas le laisser à la merci de la houle.

La tempête redoublait de violence. Le pays était submergé, non seulement par l'eau mais par les effets de la catastrophe. Les messages envoyés par le capitaine Hemmerdinger restaient sans écho.

Le 11 août, les jours du remorqueur *Janequeo* étaient comptés. Il avait subi trop d'avaries, mais les hommes ne perdaient pas espoir… Les plongeurs vérifièrent si des réparations étaient possibles. Ils remontèrent convaincus que le *Janequeo* était condamné : les courants étaient trop forts et le gouvernail ne répondait plus.

Le 12 août, le capitaine Leniz se convainquit à son tour qu'il n'y avait plus qu'à attendre le dénouement. Quelles pouvaient être à ce moment-là les pensées de ces travailleurs de la mer, impuissants à maîtriser cette nature qui les agressait sans pitié ?

Il ne restait plus qu'une décision à prendre et qui devait venir du capitaine. Voulant devancer la décision de son supérieur, un membre de l'équipage dit : « Il est temps de sauter sur les rochers, le bateau se rapproche beaucoup trop. » Le capitaine Leniz répondit qu'il laissait à chacun la liberté d'agir, mais qu'il croyait le bateau plus sûr. Il se refusait à donner l'ordre d'abandonner le navire, mais conseilla à ses hommes de mettre les gilets de sauvetage, lesquels étaient en nombre insuffisant, certains ayant servi à maintenir le câble à fleur d'eau.

La deuxième ancre fut mouillée pour tenter de stabiliser le *Janequeo* et un message de détresse fut envoyé. Le *Cabrales* capta le SOS et répondit qu'il arrivait immédiatement, ce qui lui fut refusé peu après car il risquait de connaître le même sort.

Tôt le matin, les soixante-dix-huit hommes d'équipage se rassemblèrent sur le pont et la deuxième ancre fut coupée. Le *Janequeo* était définitivement prisonnier de la mer. Ce fut le commencement de la fin : le vent et la houle déchaînée entreprirent leur travail de destruction. Des hommes tombèrent à l'eau, emportés par les vagues qui balayaient le pont. Ou par la panique. Le capitaine Hemmerdinger se retrouva grièvement blessé en glissant sur le pont. L'équipage n'écoutait plus rien ni personne. Chacun voulait désespérément sauver sa peau, mais la plupart se tuèrent en s'écrasant sur les rochers.

Les hommes du *Leucotón* assistaient impuissants à la fin tragique du navire et des hommes venus à leur rescousse. Malgré les ordres, l'un d'eux voulut leur venir en aide et, muni d'un garde-corps, se jeta à l'eau. Il semblait ne rien craindre de ces vagues cabrées par le vent. Il parvint ainsi à sauver deux matelots et un lieutenant, mais la mer ne lui pardonna pas son audace et l'avala sans pitié. Son héroïsme ne fut pas imité.

Il n'y eut que vingt-huit survivants du naufrage. Il faut toujours craindre la mer et la respecter. Les pêcheurs de Chiloé ont l'habitude de dire : « Ne tourne jamais le dos à la mer. »

L'épave du catamaran

Quand j'ai commencé à m'intéresser à l'histoire des naufrages, je n'imaginais pas que je pourrais inclure dans cette anthologie un fait qui a étonné l'île de Chiloé. Fin novembre 2000, à Punta Tablaruca, au sud du parc national de Cucao, on a retrouvé un catamaran naufragé.

La presse de Puerto Montt, les radios et la presse nationale en ont beaucoup parlé, comme chaque fois qu'il s'agit de Chiloé, île de mythes, de légendes et de vaisseaux fantômes.

Il restait du bateau deux longues coques accouplées, mais rien ne permettait de calculer le nombre de passagers. De ceux-ci il n'y avait pas la moindre trace alentour. Les suppositions allaient bon train.

Les autorités maritimes n'avaient enregistré aucune embarcation répondant aux caractéristiques de l'épave. Son signalement fut envoyé à la direction des Affaires Maritimes au cas où ils auraient reçu un avis de recherche international.

De nombreux objets furent retrouvés à l'intérieur de l'épave : boîtes de rations alimentaires, emballages d'eau douce, équipement de survie, signaux d'urgence, une mallette de pharmacie avec du matériel de premiers soins. Rien de tout cela ne semblait avoir été utilisé. On remarqua que les emballages des aliments portaient la date de l'année 1995. Sur l'une des coques on pouvait encore lire « TTERESE 96 », sans doute le nom du catamaran. Il y avait enfin un logo représentant un panda et, en plusieurs endroits, on lisait « Australie » ou « Fabriqué en Australie ».

L'une des hypothèses avancées fut que le catamaran, en difficulté, avait été abandonné après avoir été secouru par un bateau croisant dans ces eaux. Jusqu'à ce jour, rien de précis n'a pu être établi. On n'a pas retrouvé l'origine de ce bateau ni la moindre trace de ses occupants…

La folle de Rolecha

J'ai eu envie de terminer cette anthologie par l'histoire d'un étrange naufrage, dont j'ai été témoin, il y a de cela bien des années, à Rolecha. J'en ai fait un conte. Un conte de la réalité.

Rolecha est une péninsule andine qui émerge au loin parmi les îles du golfe d'Ancud.

Le jour se levait quand nous l'atteignîmes à bord de la lanche la *Sirena*. C'est une aride plage de graviers dont les eaux offrent un bon mouillage. En ancrant nous aperçûmes une femme qui nous faisait d'étranges signes de la main, comme si elle nous appelait ou au contraire voulait nous voir partir, passer notre chemin. « C'est la folle de Rolecha », me dit Hermenegildo Barría, un vieux qui faisait tout à bord, contremaître, cuisinier, matelot, simplement parce qu'il savait tout faire. Le patron et propriétaire du bateau, un certain Andrade, était un commerçant de Puerto Montt qui pilotait son embarcation, mais ne connaissait pas grand-chose de l'art de naviguer. Barría, un type costaud, grand, à la moustache en écouvillon où restaient parfois accrochés une moule ou un haricot, était un marin accompli pour qui la vie à bord n'avait pas de secret. Je travaillais à cette époque dans une usine de conserves de Calbuco, qui louait le bateau pour ramasser des fruits de mer, d'île en île, dans tout l'archipel de Chiloé.

– Elle est folle ou « fofolle » ? demandai-je malicieusement.

– Non, elle est vraiment folle, répondit Andrade. Rien à voir avec ces femmes qui gloussent pour se faire remarquer.

– Elle n'est pas si folle que ça, mais la folie lui vient parfois… avec la lune, disent certains, m'expliqua Barría tandis que je ramais dans le canot où nous devions charger les coquillages.

À mesure que nous nous approchions, la silhouette de la femme se détachait comme un rocher sombre et vivant au bord de la plage. Vêtue d'une robe noire fanée, elle se tenait accroupie et prenait de temps en temps des petits cailloux dans son giron qu'elle lançait dans l'eau en un geste enfantin et équivoque qui pouvait passer pour un appel ou un adieu. On aurait dit une paysanne lançant des grains de blé à la volaille.

– Elle donne à manger à la mer, dit Barría.

– Quoi ? Avec des cailloux ?

– Non, ce sont des mies de pain qu'elle jette à l'eau tous les matins parce qu'elle croit que c'est le petit-déjeuner de son mari…

Je crus d'abord que Barría se moquait de moi. Ou qu'il était un peu poète, ou dérangé lui aussi…

– Une femme mariée avec l'océan ! répliquai-je pour lui rendre la pareille.

Les yeux noirs de Barría papillotèrent un instant, comme doivent le faire ceux d'un sorcier chilote. Mais il me dit d'un ton grave :

– Non. Cette femme a perdu la tête quand son mari est mort noyé. C'était un plongeur et il travaillait avec elle et son fils, un gamin de douze ans. Ils étaient en face de l'île Nao, au large, en plein golfe, quand un coup de mer a failli faire chavirer la chaloupe. Le gamin était en train de remonter le panier rempli de mollusques par son père et le poids l'a fait basculer dans l'eau. En se portant au secours de l'enfant, la femme a abandonné la pompe à air et le plongeur est mort asphyxié.

– Elle a pu sauver le gosse ?

– Non, il s'est noyé lui aussi. C'est Dieu qui l'a punie. Elle connaissait très bien la loi du plongeur, car elle-même plongeait de temps à autre et son mari lui envoyait de l'air.

– Quelle loi ?

– Celle des plongeurs en mer : « D'abord celui d'en bas. » Celui qui actionne la pompe ne doit s'arrêter sous aucun prétexte.

Un sourire narquois se cacha sous la moustache en crin de Barría qui se tourna vers l'avant comme s'il cherchait sa route. Et il se mit à donner de vigoureux coups de rames comme s'il cherchait à pousser quelque chose sous l'eau.

Nous amarrâmes le canot sur la grève et je me dirigeai vers la femme, mais après ce que m'avait raconté Barría, ce n'était plus la même silhouette de femme que je voyais et moi je n'étais plus le même.

Dès qu'elle me vit m'approcher, elle se leva prestement, époussetant sa robe comme si elle avait fini sa tâche. C'était une femme brune, grande et élancée, d'une trentaine d'années. Dans ses yeux dansait un reflet sombre, de la couleur des rochers.

– Eulalia Argel, à votre service, me dit-elle en me tendant la main.

– Ruperto Córdoba, répondis-je. Est-ce que vous savez si nos coquillages sont prêts ?

– Pas tous. Mais on va faire un *curanto*[1] avec ceux qui manquent me dit-elle avec beaucoup de bon sens. On n'attendait pas le bateau si vite. Je vais prévenir les gens pour qu'on prépare le curanto. Venez vous reposer un moment à la maison.

Je la suivis tandis que Barría regagnait la *Sirena* à grands coups de rames.

Nous entrâmes dans un modeste logis à la toiture en bois d'alerce[2] dont la teinte rappelait tout ce qu'il y avait de sombre chez cette femme : ses vêtements, ses yeux, son visage d'eau, de pierre, de ciel d'orage.

– Il n'y aurait pas moyen d'acheter un agneau et un peu de chicha de pomme, lui demandai-je. On n'a pas mangé de viande depuis des jours. Que des coquillages…

– Peut-être chez le curé Müller. Sa maison est de l'autre côté de la pointe. Mais on verra plus tard,

1. Plat de fruits de mer, viande, légumes et farine de blé que l'on cuit dans un trou, sur un lit de pierres chaudes, et recouvert de fougères et de feuilles de pangue.

2. Variété de conifère.

pour le moment reposez-vous, moi je vais chercher les gens pour préparer le curanto.

Je restai seul dans la petite maison, en pensant que cette femme n'était pas aussi folle qu'on le disait. Et, qui sait, ce geste de jeter des mies de pain dans la mer n'était rien d'autre qu'un symbole de tendresse, comme déposer des fleurs ou des fruits sur une tombe.

Mais la réalité répond parfois par la folie à nos pensées les plus raisonnables. Je ne restai pas assis longtemps et me levai pour regarder par la fenêtre un potager bien entretenu, planté de choux, de navets, de carottes et de groseilles à l'ombre de pommiers en fleur. On était en novembre et le printemps chilote avait éclaté dans toute sa splendeur. Je me mis à observer les murs, les meubles et la distribution des pièces : une cuisine, deux chambres et un petit salon. J'entrai dans celle qui avait dû être la chambre de l'enfant et quelle ne fut pas ma stupéfaction de découvrir à côté du lit bordé de couvertures chilotes aux motifs mauves, verts et jaunes, un crâne posé sur une table de chevet, veillé par deux cierges aux longues coulées de cire. Sur le mur, au-dessus du crâne, une image religieuse donnait à la pièce un air de petit sanctuaire : elle représentait Dieu avec une barbe blanche écumeuse et un gros œil lumineux lui traversant la poitrine comme un étrange cœur ensoleillé. Plus bas, c'étaient des vignettes en couleur illustrant la vie de l'homme, tantôt heureuse, tantôt sombre, de sa naissance jusqu'à sa mort, où il s'envolait au ciel s'il avait été bon, tombait en enfer s'il s'était montré pervers. « L'omniprésence de

Dieu », « La croix en ce monde ou l'enfer dans l'autre », « Dieu te voit et tu seras puni », telles étaient les légendes puériles de ces vignettes. Sur une autre on voyait une dame en grand chapeau et un homme avec une canne déposant une aumône dans le bonnet d'un mendiant boiteux. Plus loin, c'était un homme enchaîné par le cou, harcelé par deux démons, deux serpents et un étrange oiseau noir. Les couleurs de ces images pieuses renvoyaient curieusement à celles des couvertures chilotes et du jardin aux pommiers en fleur.

Les pêcheurs de coquillages se retrouvèrent dans un petit pré, non loin de la plage, où piaillaient des quiscales. Ils étaient deux couples et trois enfants qui allumèrent un feu dans un trou au fond tapissé de grosses pierres. Pendant que les pierres chauffaient, je me rendis avec Eulalia chez le curé Müller pour y acheter la chicha et l'agneau que nous devions faire cuire dans le curanto. En chemin nous parlâmes peu. Quand nous arrivâmes devant une clôture, elle la sauta agilement en prenant appui sur un pieu, alors qu'il me fallut l'enjamber comme si je montais lourdement en selle.

– Je suis comme l'air ! me dit-elle en souriant, fière de sa prouesse.

Ainsi était Eulalia Argel, la folle de Rolecha, et comme l'air des îles, ma mémoire retrouve aujourd'hui des fragments de la tragédie de cette femme, telle qu'elle me la raconta quand je lui demandai l'origine de ce crâne…

– C'est l'enfant, me dit-elle sur le chemin du retour, ajoutant d'un geste vague : un courant a dû me le ramener du golfe, car un matin j'ai trouvé le petit crâne sur la plage en face de chez nous. Les crabes l'avaient laissé tout blanc, rosé comme une fleur de pommier. Alors je l'ai mis là, mais je crois que mon Luchito est revenu pour me tenir compagnie… Les nuits de tempête je l'entendais entrer et sortir de sa chambre comme s'il n'arrêtait pas d'aller à la mer et de revenir… Mon chagrin a cessé le jour où j'ai trouvé son crâne sur la plage et que je l'ai déposé sur son autel en allumant des cierges pour le repos de sa petite âme… Ramón, mon homme, lui, n'est jamais revenu, c'est pour ça que je lui apporte son petit-déjeuner tous les matins… Vous n'avez pas remarqué que l'île Nao a la forme d'un bateau et un myrte au milieu qui ressemble à des voiles quand il est en fleur ? On dit ici que le golfe rend les os des noyés, c'est pour ça que l'arbre a poussé à cet endroit, comme les pommes de terre poussent sur les cendres des coquilles de nos curantos… mais les os de mon homme ne sont pas revenus sur l'île… Avec sa tête de cuivre et ses chaussures de plomb il a dû rester collé au fond de l'eau quand j'ai lâché la pompe pour sauver mon Luchito… il a dû se couvrir de vert-de-gris, de rouille… comme des branches de corail, et si le myrte de l'île Nao a poussé sur les os des morts, pourquoi mon homme ne revivrait pas comme un corail au fond de la mer ? Les gens disent que je suis folle parce que je lance du pain dans l'eau, mais ils ne nous connaissaient pas, Ramón et moi. J'ai souvent plongé, moi aussi, pour chercher des choros[1], grands comme des chaussures. Ils ne connaissent pas la loi de la mer : « D'abord celui d'en bas. » C'est comme ça, j'ai oublié la loi de la mer pour sauver mon Luchito. Vous savez, ce n'est pas du pain que je lui apporte, mais du milcao, notre pain chilote, à la farine de patate et aux rillons de porc. Il aimait tant le milcao, le pauvre… Les courants ont dû l'entraîner dans une crevasse, comme ils m'ont ramené mon Luchito…

Les gens de Rolecha nous attendaient avec les pierres déjà rougies au feu au fond du trou. On aurait dit la gueule de l'enfer où les pécheurs allaient finir. Ils vidèrent sur les pierres des sacs de coquillages qu'ils recouvrirent de fougères et de feuilles de pangue, sur lesquelles ils déposèrent des fougasses de milcao, des quartiers d'agneau, des poissons, le tout cuisant à l'étouffée sous des carrés de terre herbeuse arrachés sur place.

Le curé Müller nous avait fait envoyer, dans son canot à moteur, deux dames-jeannes de chicha, et pendant que le curanto cuisait nous nous mîmes à boire. Bientôt tout le monde blaguait joyeusement autour des fumées appétissantes du curanto. Les propos d'Eulalia n'étaient pas très différents de ceux de ses voisins. Certains racontaient avoir vu un vol de sorciers vêtus de leurs *chayancos*, des gilets taillés dans la peau d'une femme. D'autres parlaient de chevaux de mer nageant d'île en île, emportant sept sorciers sur leurs échines. « Après

1. Bivalve à la coquille noire, d'une longueur pouvant atteindre vingt-cinq centimètres, autrefois très recherché.

tout, s'il y a des lions et des éléphants de mer, pourquoi pas des chevaux de mer ? » lança quelqu'un.

Quand le curanto fut cuit, il y eut un empressement cérémonieux ; les hommes retirèrent les mottes de terre fumantes de la vapeur des mollusques, les femmes s'occupèrent des fougères et des feuilles de pangue sur lesquelles avaient cuit la viande et les poissons, au-dessus des succulents mollusques aux coquilles entrouvertes.

Après ce somptueux festin, un homme sortit d'un sac en toile un petit accordéon sur lequel il joua des valses et des chansons de mer. J'invitai Eulalia à danser. Elle ne me regardait pas, dansant tête baissée, les yeux fixant le sol comme si ce n'était pas la terre ferme et qu'elle cherchait quelque chose dans de mystérieuses profondeurs. À aucun moment je ne la vis tourner son regard vers la mer…

– Hier, vous aviez un peu perdu la tête, non ? me dit Barría le lendemain alors que nous naviguions au large de l'île Nao – et il ajouta d'un ton moqueur : Vous ne vouliez plus remonter à bord, il a fallu que je vous menace d'un bon coup de rame sur la tête, de vous ligoter dans le canot et de vous tirer par le cou comme on fait avec un cheval vicieux !

Et la moustache du contremaître Barría frémissait comme celle d'un phoque qui aurait rencontré un cheval de mer.

À la fin de ce voyage, j'abandonnai mon travail à l'usine de conserves de Calbuco et je partis au nord. Je revins dans la région quelques années plus tard. Me trouvant un jour au large de Rolecha, je demandai des nouvelles de la « folle » et on me répondit que plus personne ne l'appelait ainsi. Elle s'était remariée, non avec un plongeur, mais avec un agriculteur des environs, qui l'avait obligée sur les conseils du curé Müller, à enterrer le crâne dans le cimetière de Rolecha. J'appris aussi qu'elle avait eu trois enfants.

Quelques mots pour finir

Je ressens un certain soulagement au terme de ce modeste travail que j'ai voulu comme un hommage à la mémoire de Francisco Vidal Gormaz. Pour ce grand écumeur de nos côtes, le Chili était un pays essentiellement maritime, un pays « poussé vers la mer par la cordillère des Andes », où l'étude des courants littoraux, responsables de nombreux naufrages, était indispensable. Bien que certaines de ces catastrophes, comme on l'a vu, fussent dues à l'incompétence ou la négligence des capitaines, à de mauvais matériaux, à des cargaisons mal arrimées, ou à des cartes de navigation imprécises.

Vidal Gormaz considérait son recensement de quelque mille cinq cents naufrages comme une « approche » de la réalité côtière du Chili. Cet interminable littoral hanté par tant de fantômes de naufragés possède une particularité. Au nord du canal de Chacao, la côte est relativement régulière, sans fractures spectaculaires ; on y trouve des baies au fond desquelles des ports ont été construits, et quelques îles en face de Concepción, Coronel et Arauco. Plus au nord, quelques fractures sont observables.

Mais de Chacao jusqu'aux îles Diego Ramírez, le littoral est déchiqueté en une succession d'archipels, de canaux, de fjords, d'îles et d'anses.

C'est là une région d'une beauté bouleversante. Ses pluies diluviennes, ses ciels de suie ou d'une aveuglante luminosité, ses détroits enneigés, ses murailles vertigineuses, ses glaces fantasmagoriques ont séduit bien des impatients assoiffés d'aventures, de gloire, ou de gains, courant à la conquête de leurs rêves à la recherche d'un au-delà du monde connu.

Reste une question. Que sont devenus les habitants de la Terre de Feu qui ont salué ces premiers navigateurs, ces audacieux explorateurs ? Que sont devenus les Ona, les Yamana, les Alakaluf ? Car c'est à eux que je pense en terminant cette anthologie de naufrages, à eux qui ont été victimes d'un terrible naufrage social.

Table

DU MÊME AUTEUR

Tierra del Fuego
nouvelles
Phébus, 1994 et 2009
« Libretto », n° 124
et « Points », n° P148

Cap Horn
nouvelles
Phébus, 1994
« Libretto », n° 195
et « Points », n° P253

El Guanaco
roman
Phébus, 1995
et « Points », n° P426

Le Dernier Mousse
roman
Phébus, 1996
et « Points », n° P481

Le Golfe des peines
nouvelles
Phébus, 1997
et « Points », n° P610

Le Sillage de la baleine
roman
Phébus, 1998
et « Points », n° P739

Antartida
roman
Phébus, 1999
et « Points », n° P2114

Le Passant du bout du monde
autobiographie
Phébus, 2000
et « Libretto », n° 107

Entretiens avec Francisco Coloane
Souvenirs du bout du monde
Terre de brume, 2004

COMPOSITION : NORD COMPO MULTIMÉDIA
7 RUE DE FIVES - 59650 VILLENEUVE-D'ASCQ

CPI BUSSIÈRE

Cet ouvrage a été imprimé en France par
CPI Bussière
à Saint-Amand-Montrond (Cher)
en mars 2010.
N° d'édition : 102266. - N° d'impression : 100328.
Dépôt légal : avril 2010.

Collection Points

DERNIERS TITRES PARUS

P2240. Esclavage et Colonies, G. J. Danton et L. P. Dufay, *L. Sédar Senghor, C. Taubira*
P2241. Race et Nation, *M. L. King, E. Renan*
P2242. Face à la crise, *B. Obama, F. D. Roosevelt*
P2243. Face à la guerre, *W. Churchill, général de Gaulle*
P2244. La Non-Violence, *Mahatma Gandhi, Dalaï Lama*
P2245. La Peine de mort, *R. Badinter, M. Barrès*
P2246. Avortement et Contraception, *S. Veil, L. Neuwirth*
P2247. Les Casseurs et l'Insécurité *F. Mitterrand et M. Rocard, N. Sarkozy*
P2248. La Mère de ma mère, *Vanessa Schneider*
P2249. De la vie dans son art, de l'art dans sa vie *Anny Duperey et Nina Vidrovitch*
P2250. Desproges en petits morceaux. Les meilleures citations *Pierre Desproges*
P2251. Dexter I, II, III, *Jeff Lindsay*
P2252. God's pocket, *Pete Dexter*
P2253. En effeuillant Baudelaire, *Ken Bruen*
P2254. Meurtres en bleu marine, *C.J. Box*
P2255. Le Dresseur d'insectes, *Arni Thorarinsson*
P2256. La Saison des massacres, *Giancarlo de Cataldo*
P2257. Évitez le divan
Petit guide à l'usage de ceux qui tiennent à leurs symptômes *Philippe Grimbert*
P2258. La Chambre de Mariana, *Aharon Appelfeld*
P2259. La Montagne en sucre, *Wallace Stegner*
P2260. Un jour de colère, *Arturo Pérez-Reverte*
P2261. Le Roi transparent, *Rosa Montero*
P2262. Le Syndrome d'Ulysse, *Santiago Gamboa*
P2263. Catholique anonyme, *Thierry Bizot*
P2264. Le Jour et l'Heure, *Guy Bedos*
P2265. Le Parlement des fées
I. L'Orée des bois, *John Crowley*
P2266. Le Parlement des fées
II. L'Art de la mémoire, *John Crowley*
P2267. Best-of Sarko, *Plantu*
P2268. 99 Mots et Expressions à foutre à la poubelle *Jean-Loup Chiflet*
P2269. Le Baleinié. Dictionnaire des tracas *Christine Murillo, Jean-Claude Leguay, Grégoire Œstermann*

P2270. Couverture dangereuse, *Philippe Le Roy*
P2271. Quatre Jours avant Noël, *Donald Harstad*
P2272. Petite Bombe noire, *Christopher Brookmyre*
P2273. Journal d'une année noire, *J.M. Coetzee*
P2274. Faites vous-même votre malheur, *Paul Watzlawick*
P2275. Paysans, *Raymond Depardon*
P2276. Homicide special, *Miles Corwin*
P2277. Mort d'un Chinois à La Havane, *Leonardo Padura*
P2278. Le Radeau de pierre, *José Saramago*
P2279. Contre-jour, *Thomas Pynchon*
P2280. Trick Baby, *Iceberg Slim*
P2281. Perdre est une question de méthode, *Santiago Gamboa*
P2282. Le Rocher de Montmartre, *Joanne Harris*
P2283. L'Enfant du Jeudi noir, *Alejandro Jodorowsky*
P2284. Lui, *Patrick Besson*
P2285. Tarabas, *Joseph Roth*
P2286. Le Cycliste de San Cristobal, *Antonio Skármeta*
P2287. Récit des temps perdus, *Aris Fakinos*
P2288. L'Art délicat du deuil
Les nouvelles enquêtes du juge Ti (vol. 7)
Frédéric Lenormand
P2289. Ceux qu'on aime, *Steve Mosby*
P2290. Lemmer, l'invisible, *Deon Meyer*
P2291. Requiem pour une cité de verre, *Donna Leon*
P2292. La Fille du Samouraï, *Dominique Sylvain*
P2293. Le Bal des débris, *Thierry Jonquet*
P2294. Beltenebros, *Antonio Muñoz Molina*
P2295. Le Bison de la nuit, *Guillermo Arriaga*
P2296. Le Livre noir des serial killers, *Stéphane Bourgoin*
P2297. Une tombe accueillante, *Michael Koryta*
P2298. Roldán, ni mort ni vif, *Manuel Vásquez Montalbán*
P2299. Le Petit Frère, *Manuel Vásquez Montalbán*
P2300. Poussière d'os, *Simon Beckett*
P2301. Le Cerveau de Kennedy, *Henning Mankell*
P2302. Jusque-là… tout allait bien !, *Stéphane Guillon*
P2303. Une parfaite journée parfaite, *Martin Page*
P2304. Corps volatils, *Jakuta Alikavazovic*
P2305. De l'art de prendre la balle au bond
Précis de mécanique gestuelle et spirituelle
Denis Grozdanovitch
P2306. Regarde la vague, *François Emmanuel*
P2307. Des vents contraires, *Olivier Adam*
P2308. Le Septième Voile, *Juan Manuel de Prada*
P2309. Mots d'amour secrets.
100 lettres à décoder pour amants polissons
Jacques Perry-Salkow, Frédéric Schmitter

P2310. Carnets d'un vieil amoureux, *Marcel Mathiot*
P2311. L'Enfer de Matignon, *Raphaëlle Bacqué*
P2312. Un État dans l'État. Le contre-pouvoir maçonnique
Sophie Coignard
P2313. Les Femelles, *Joyce Carol Oates*
P2314. Ce que je suis en réalité demeure inconnu, *Virginia Woolf*
P2315. Luz ou le temps sauvage, *Elsa Osorio*
P2316. Le Voyage des grands hommes, *François Vallejo*
P2317. Black Bazar, *Alain Mabanckou*
P2318. Les Crapauds-brousse, *Tierno Monénembo*
P2319. L'Anté-peuple, *Sony Labou Tansi*
P2320. Anthologie de Poésie africaine,
Six poètes d'Afrique francophone, *Alain Mabanckou (dir.)*
P2321. La Malédiction du lamantin, *Moussa Konaté*
P2322. Green Zone *Rajiv Chandrasekaran*
P2323. L'Histoire d'un mariage, *Andrew Sean Greer*
P2324. Gentlemen, *Klas Östergren*
P2325. La Belle aux oranges, *Jostein Gaarder*
P2326. Bienvenue à Egypt Farm, *Rachel Cusk*
P2327. Plage de Manacorra, 16 h 30, *Philippe Jaenada*
P2328. La Vie d'un homme inconnu, *Andreï Makine*
P2329. L'Invité, *Hwang Sok-yong*
P2330. Petit Abécédaire de culture générale
40 mots-clés passés au microscope, *Albert Jacquard*
P2331. La Grande Histoire des codes secrets, *Laurent Joffrin*
P2332. La Fin de la folie, *Jorge Volpi*
P2333. Le Transfuge, *Robert Littell*
P2334. J'ai entendu pleurer la forêt, *Françoise Perriot*
P2335. Nos grand-mères savaient
Petit dictionnaire des plantes qui guérissent, *Jean Palaiseul*
P2336. Journée d'un opritchnik, *Vladimir Sorokine*
P2337. Cette France qu'on oublie d'aimer, *Andreï Makine*
P2338. La Servante insoumise, *Jane Harris*
P2339. Le Vrai Canard, *Karl Laske, Laurent Valdiguié*
P2340. Vie de poète, *Robert Walser*
P2341. Sister Carrie, *Theodore Dreiser*
P2342. Le Fil du rasoir, *William Somerset Maugham*
P2343. Anthologie. Du rouge aux lèvres. Haïjin japonaises.
Haïkus de poétesses japonaises du Moyen Age à nos jours
P2344. Poèmes choisis, *Marceline Desbordes-Valmore*
P2345. « Je souffre trop, je t'aime trop », Passions d'écrivains
sous la direction de Patrick et Olivier Poivre d'Arvor
P2346. « Faut-il brûler ce livre ? », Écrivains en procès
sous la direction de Patrick et Olivier Poivre d'Arvor
P2347. A ciel ouvert, *Nelly Arcan*
P2348. L'Hirondelle avant l'orage, *Robert Littell*

P2349. Fuck America, *Edgar Hilsenrath*
P2350. Départs anticipés, *Christopher Buckley*
P2351. Zelda, *Jacques Tournier*
P2352. Anesthésie locale, *Günter Grass*
P2353. Les filles sont au café, *Geneviève Brisac*
P2354. Comédies en tout genre, *Jonathan Kellerman*
P2355. L'Athlète, *Knut Faldbakken*
P2356. Le Diable de Blind River, *Steve Hamilton*
P2357. Desproges, Christian Gonon. Étonnant, non ?
Pierre Desproges
P2358. La Lampe d'Aladino et autres histoires pour vaincre l'oubli
Luis Sepúlveda
P2359. Julius Winsome, *Gerard Donovan*
P2360. Speed Queen, *Stewart O'Nan*
P2361. Dope, *Sara Gran*
P2362. De ma prison, *Taslima Nasreen*
P2363. Les Ghettos du Gotha. Au cœur de la grande bourgeoisie
Michel Pinçon et Monique Pinçon-Charlot
P2364. Je dépasse mes peurs et mes angoisses
Christophe André et Muzo
P2365. Afriques, *Raymond Depardon*
P2366. La Couleur du bonheur, *Wei-Wei*
P2367. La Solitude des nombres premiers, *Paolo Giordano*
P2368. Des histoires pour rien, *Lorrie Moore*
P2369. Déroutes, *Lorrie Moore*
P2370. Le Sang des Dalton, *Ron Hansen*
P2371. La Décimation, *Rick Bass*
P2372. La Rivière des Indiens, *Jeffrey Lent*
P2373. L'Agent indien, *Dan O'Brien*
P2375. Des héros ordinaires, *Eva Joly*
P2376. Le Grand Voyage de la vie.
Un père raconte à son fils
Tiziano Terzani
P2377. Naufrages, *Francisco Coloane*
P2378. Le Remède et le Poison, *Dirk Wittenbork*
P2379. Made in China, *J. M. Erre*
P2380. Joséphine, *Jean Rolin*
P2381. Un mort à l'Hôtel Koryo, *James Church*
P2382. Ciels de foudre, *C.J. Box*
P2383. Robin des bois, prince des voleurs, *Alexandre Dumas*
P2384. Comment parler le belge / Dictionnaire franco-belge
Philippe Genion
P2385. Le Sottisier de l'école, *Philippe Mignaval*
P2388. L'Île du lézard vert, *Eduardo Manet*